的美国之旅。
出国门，我和小主人一样，真是太兴奋了。从旧金山到拉斯
从拉斯维加斯到科罗拉多大峡谷，一路上异国他乡的美景，
不暇接，小主人更是不停地用我拍照，并通过手机网络将
地的小伙伴，和他们分享。
罗拉多大峡谷，景点旅游大巴载着我们驶回停车场。累
主人，恋恋不舍地将我揣进裤兜，就疲惫不堪地蜷缩在
睡着了。随着旅游车的颠簸，我不慎从小主人的裤兜
来，坠落到大巴的座椅下面。骤然而至的黑暗和安静，
我拼命地蹦达，希望能够引起小主人的注意，可是，
毫没有觉察。就这样，我和我的中国小主人，在一
多大峡谷的景点旅游大巴上，失散了。
场，小主人和旅游团的人，就一个个地下车了。
意我。听着小主人的脚步声越来越远，我意识到，
不能和他再见了。我的眼泪都快流出来了，如
话。但我知道，当小主人发现我丢失了之后，
得泪流满面的，我是他今年小学毕业时，爸
的礼物，我是他的最爱。
客上了车。几个小
们也下了车。还是
现我。
去了。我仍然安
科罗拉多大峡
大巴座椅下，
了，我有气
我的小主
候恐怕已
国东海
定哭红
想到
心就

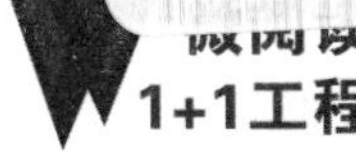

1+1
GONG
CHENG
第一辑

一只手机的跨国之旅

孙道荣

百花洲文艺出版社
BAIHUAZHOU LITERATURE AND ART PRESS

图书在版编目(CIP)数据

一只手机的跨国之旅 / 孙道荣著. —南昌:百花洲文艺出版社,2013.5(2020.6重印)

(微阅读1+1工程)

ISBN 978-7-5500-0618-8

Ⅰ.①一… Ⅱ.①孙… Ⅲ.①小小说—小说集—中国—当代 Ⅳ.①I247.8

中国版本图书馆CIP数据核字(2013)第098957号

一只手机的跨国之旅

孙道荣　著

组稿编辑:陈永林

责任编辑:赵　霞

出　　版:百花洲文艺出版社

发行单位:全国新华书店

印　　刷:龙口市新华林文化发展有限公司

开　　本:700mm×960mm　1/16

印　　张:12

版　　次:2013年8月第1版

印　　次:2020年6月第4次印刷

字　　数:123千字

书　　号:ISBN 978-7-5500-0618-8

定　　价:29.80元

网址:http://www.bhzwy.com

图书若有印装错误,影响阅读,可向承印厂联系调换。

前　言

以“极短的篇幅包容极大的思想”，才能够以小胜大，经过读者的阅读，碰撞出思想的火花，震撼人的心灵。正因为这样，微型小说成为一种充满了幽默智慧、充满了空灵巧妙的独特文体。

如果说在二十一世纪的头一个十年，是互联网大大改变了我们的生活，那么在我们正在经历的第二个十年里，手机将更为巨大地改变我们的生活。如今，以智能手机为平台，正在构成一个巨大的阅读平台。一种新的阅读方式正不知不觉地走进大众的生活。一个新的名词就此产生，它便是“微阅读”。微阅读，是一种借短消息、网络和短文体生存的阅读方式。微阅读是阅读领域的快餐，口袋书、手机报、微博，都代表微阅读。等车时，习惯拿出手机看新闻；走路时，喜欢戴上耳机“听”小说；陪人逛街，看电子书打发等待的时间。如果有这些行为，那说明你已在不知不觉中成为“微阅读”的忠实执行者了。让我们对微型小说前景充满信心和期待的是，微型小说在微阅读的浪潮中担当着极为重要的“源头活水”。

肩负着繁荣中国微型小说创作、促进这一文体进一步健康发展的责任和使命，微型小说选刊杂志社推出了“微阅读1+1工程”系列丛书。这套书由一百个当代中国微型小说作家的个人自选集组成，是微型小说选刊杂志社的一项以“打造文体，推出作家，奉献精品”为目的的微型小说重点工程。相信这套书的出版，对于促进微型小说文体的进一步推广和传播，对于激励微型小说作家的创作热情，对于微型小说这一文体与新媒体的进一步结合，将有着极为重要的作用和意义。

编者

2014年9月

目　录

地板上的月牙儿

头发理好了。镜子里的我，显得精神多了。我满意地朝理发师点点头。我准备站起来，理发师却示意我再等等。以为他觉得哪里不如意，还需要修剪一下。为客人理发，他总是丝毫不马虎，不论是生客，还是熟客，这也是我定点在他这儿理发的原因。我笑着说："可以了。"他换了一把细细长长的剪刀，对我说："你有几根白头发，我帮你挑出来，剪掉。"说着，左手将我的头发扒开，理顺，轻轻地挑起一根，右手握着剪刀，小心翼翼地伸到发根，剪断。

一根，两根，三根……，一共找到了19根白发，都帮我从发根剪掉了。又仔细地用手将我的头发都扒拉了一遍，确认没有白头发了，才拿起梳子，帮我将头发重新梳顺。一边梳理，一边跟我讲着平时怎样护理头发。从镜子里看到他，神情专注，熟练，从容，像做着一件大事似的。

这是小区里的一家社区理发店，门脸很小，只有他一个理发师，也只有一张椅子。虽然离家近，但以前我从没有进去理过发。总感觉这样的小理发店，是专门为社区里的老人们服务的。我都是在小区外的一家大理发店理发。直到有一次，因为急于参加一个活动而来不及去那家大理发店了，我才第一次走进他的小店。没想到理发师的手艺非常棒，剪出来的发型很适合我。价格也公道，理一次发，只要十元钱。

再次去他的理发店理发时，他正忙着为另一个客人理发，我坐在一边等待。这才留意了一下他的小店，狭小，干净，设施非常简单。惟一可以称得上精致的，是地上铺着的暗红色的实木地板。与一般理发店黑白相间的地砖显得很不同，让人感觉古朴而温暖。他低着头，专注地为客人修剪着头发，不时围着椅子，移动脚步。当我的目光落在他的脚上时，惊讶地看见椅子后面的地板，由于他的脚踩来踩去，地板上的红漆被磨光了，露出了木头的本色。样子看起来就像镶嵌在暗红色地板上的一个白色月牙儿。

在帮我理发时，我和他聊了一会。他告诉我，从这个小区建立那天起，他的这个小店就开张了，至今已经快二十年了。小区里的不少老住户，都是在他这儿理发的。有的孩子刚出生时在他这儿剪的胎毛，如今都长成大小伙子了。难怪椅子后面的地板都磨出了木头的本色。我让他看看自己的脚下，他低头瞅了瞅，忽然憨憨地笑着说："地板都磨白了。"我说："那是你踩出来的月亮呢。"

地板上的月牙儿，那是一个理发师十几年的舞台。想象着一个人长年累月，就围着一张椅子转动，工作，那是怎样的一种寂寞，又是怎样的一种境界啊。月亮升起来了，理发师也从意气勃发的青年，步入了蹒跚的中年。

老师给我写纸条了

新学期第一次考试前。

学生甲："爸爸，今天老师给我写纸条了……"

爸爸（得意洋洋地）："这么快又有老师给你写纸条了？是上次丈夫要调动工作的班主任张老师，还是儿子刚刚大学毕业想考公务员的李老师？……都不是？那是哪个老师啊？他有什么事想求我？找工作，调动，升迁，还是别的什么？你看看你们这些老师，和社会上的许多人一样，总是有这样那样的事求你爸爸。爸爸这个官虽然不大，但是还是有点实权的，还是能办成很多事情的。可见当个官多好啊，多有身份地位啊！这学期老师让你做什么官了啊？我帮了你们老师那么多的忙，老师这点面子总是要给你的。不然，我凭什么帮他的忙啊！小子！你可别拿班干不当干部，那大小也算是个官场，混好了，为将来长大了从政打下个基础。"

学生乙（女）："妈妈，今天老师给我写纸条了……"

妈妈（大惊失色地）："什么，老师给你写纸条了？哪个老师啊？男的还是女的？果然是男老师。那是不是年轻老师？他有没有结婚，有没有对象，有没有女朋友？他为什么给你写纸条？他安的是什么心？他意欲何为？女儿啊！你还小，什么都不懂，很容易被诱惑，被蒙蔽，被坑害。这个社会太复杂了。你看看自古至今，老师和学生搞师生恋，几个有好下场的？几个不是身败名裂的？漂亮的女孩子，有几个人写写纸条，很正常。妈妈都这么一大把岁数了，身边不是照样有人垂涎吗？但你太小了，我可不能眼睁睁看着你像当年的妈妈一样，被人糟蹋了。"

学生丙："爸爸，今天老师给我写纸条了……"

爸爸（哈哈大笑地）："终于有效果了，终于盼到这一天了！爸爸这个小包工头，虽然没什么能耐，也没什么社会地位，但我不希望我的孩子，像我

一样窝囊，被人看不起，处处抬不起头啊。这些年，爸爸不得不四处讨好，四处卖乖，四处求爹爹拜奶奶，就是为了有朝一日，不让别人瞧不起咱啊。我给赵老师家厨房维修，替唐老师家刷墙，帮李老师家捅下水道，也就是希望你能像其他孩子一样，得到老师的关照和关爱。社会就是这个样，爸爸既不是官，又不是老板，就只能低声下气地获得同情啊。我今天头越低一点，你就有机会明天将头抬高一点。你看，这不终于有效果了，老师都给你写纸条了。

学生丁：妈妈，今天老师给我写纸条了……”

妈妈（忧心忡忡地）：“老师给你写纸条？一定是这次考试的答案吧？难怪你们班最近的成绩上升得这么快，原来是老师帮你们造假啊。哎，这是什么世道啊！什么东西都是假的，什么事情都敢造假。你看看，假名牌、假学历、假爱心、假足球、假酒、假烟、假药、假唱、假处女……什么不假啊！最让人痛心的是这股造假之风现在刮进了校园，连考试都造假了。你瞧瞧，明天才考试呢，今天老师就给你们递纸条，泄露答案了，这考试还有什么意义啊？”

学生们：“爸爸妈妈，你们说什么啊？你们想到哪里去了啊？明天就要考试了，老师怕我们复习不好，有思想压力，所以，针对我们每个人的薄弱环节，有针对性地给每位同学都写了一张纸条，以帮助我们消灭薄弱点，树立信心，争取在明天的考试中取得好成绩。”

家长们（面面相觑地）：“原来是这样啊？这么看来，是我们条件反射，神经过敏，反应过度，盲目猜疑了？”

画外音：一张小小的纸条，像一面镜子，矗立在我们面前，它是现实生活在成人社会的非典型映照啊。

忏 悔

不知道为什么，这些年到圣母大教堂忏悔的人越来越多了，神父们根本忙不过来。马修神父想了个办法：将一个大忏悔室，改建成两个对应而独立的忏悔室，中间坐着神父。这样，一位神父就能够同时倾听两名忏悔者的各自忏悔，而又不至于让忏悔者互相看见和听见。

这天晚上，到圣母大教堂忏悔的人，照例排起了长队。马修神父刚坐下，左右两个忏悔室，立即分别走进了一个人。

左边来忏悔的人说："主啊，我是个农夫，我来向你忏悔。"

右边来忏悔的人说："主啊，我是个商人，我来向你忏悔。"

马修神父问农夫："你有什么要忏悔的？"农夫说："今天我用马车拉着收获的马铃薯去市场销售。我在家里先过了磅，一袋58千克，一袋64千克，一袋71千克……一共27袋。我不会算帐，就请别人帮我合计一下，总计4200千克。怕记不住，我就让人写在纸条上，不过，我让别人写了个整数5000千克。为什么不写4200千克而冒写5000千克，我是这样想的，反正商人是要重新过磅的，我多写一点，他就不会克扣我的秤了。"

神父叹了口气："一个不诚实的农夫。"神父又问商人："你有什么要忏悔的？"商人说："今天有一个农夫来卖马铃薯，我为他过磅，一袋58千克，一袋64千克，一袋71千克……一共27袋。我一加，合计是5800千克，我问他，在家里自己过磅是多重？农夫拿出一张纸条，上面写着5000千克。我一看纸条，心开始怦怦直跳，上帝啊，他少写了足足800千克呢。我赶紧不动声色地对农夫说，你家的秤很准，确实是5000千克，一斤不多，一两不少。"

神父又叹了口气："一个贪婪的商人。"细一想，不对啊，同样27袋的马铃薯，怎么农夫称出来的是4200千克，而到了商人那里却称出5800千克？

神父让商人继续说下去。商人说：“为了打发走农夫，我赶紧付帐给他。价格是每千克一马克，我付给了他 5000 马克。农夫拿着钱，转身就走了。”

神父转向左边，让农夫接着说。农夫说：“商人告诉我马铃薯的重量是 5000 千克时，我的心都蹦出嗓子眼了，上帝啊，他足足多出了 800 千克呢。我小鸡啄米一样点着头对商人说，你称的非常准。马铃薯的价格是每千克一马克，商人付给了我 5000 马克。拿着厚厚一叠钱，我激动地跑回家去了。”

神父被弄得有点糊涂了，两个人都昧着良心，却都欢天喜地，像拣到了大便宜似的。那么，到底错在哪儿，在这起交易中，到底谁吃亏了呢？

右边的商人忽然生气地说：“农夫一走，我正盘算着怎么花掉这平白多出来的 800 马克呢。我的太太将帐目重新算了一下，这一加，查出问题了。原来 27 袋马铃薯只有 4200 千克重，是我累计的时候算错了。这个无耻的农夫，却告诉我是 5000 千克。”

偷鸡不成，反蚀把米，神父正暗自好笑呢。这时候，左边的农夫也忽然愤怒地说：“那个商人真是个奸诈小人。”神父惊讶地张大了嘴巴：“商人不是多付了你 800 马克吗，你怎么还骂人家奸诈？”农夫撇了撇嘴说：“多什么啊。我拿着 5000 马克回到家，交给太太，正计算着怎么开销那多出来的 800 马克呢。我的太太一张张点着钞票，突然，她一声惊叫：‘假币！’我们又一张张仔细检查了好几遍，从 5000 马克中一共找出了 8 张 100 面额的假币。”

神父忍俊不禁。对农夫说：“你的马铃薯实际只有 4200 千克，你实际上也只得到了 4200 马克。”转身对商人说：“你买的马铃薯实际重量是 4200 千克，你实际上也只付出了 4200 马克。这本来应该是一桩非常公道的交易。可是，在这桩看似公正却肮脏的交易之后，是你们两人各自虚假、贪婪、狡诈、无耻的私心啊。”

商人和农夫，低着头，羞愧地走出了各自的忏悔室。紧接着，又一对忏悔者，走了进去。

魔　方

最后一个项目魔方比赛，将单位的联欢会推向高潮。

十名参加比赛的选手，都是单位里顶级聪明的人。比的项目是三阶魔方的速拧，看谁能在最短的时间，将一个随机打乱的魔方复原。

比赛开始。十只彩色魔方，在十双灵巧的手下，飞快地上下左右前后转动，红、橙、白、蓝、黄、绿六个色面，如绸带曼舞，如彩虹飞旋，让人眼花缭乱，如坠云雾。

太不可思议了，刚刚还乱七八糟的魔方，在他们的手下，眨眼就变成了一个个规则的色面。比赛很快结束了，第一名仅用了3分12秒，就将一只魔方复原。

局长亲自给选手颁奖，对他们的表现和智慧，给予了很高评价。局长说："我刚刚仔细观察了一下，这个魔方虽然只是个游戏，但游戏里有乾坤，可以益智，可以健身；还可以增强想象力，锻炼组织力啊。"看着局长手里拿着的一只魔方，主持人忽然灵机一动，"要不，我们请局长给我们现场露一手?"

这不是给局长出难题，拿局长寻开心嘛？从来也没见他玩过这玩意啊。台下的人都为这个外请的主持人捏了把汗，也都好奇地等待着局长怎么化解这场意外。

局长尴尬地笑笑，将手上的魔方随便转了几下说："这个我还真没玩过，那我就献个丑，试试吧。"没想到，局长还真答应了主持人的要求。

局长拿着魔方，开始转动。左拧一下，右拧一下；前转一下，后转一下；上旋一下，下旋一下。就这么拧了几圈，原本不是很乱的魔方，变得更凌乱了。红、橙、白、蓝、黄、绿六个颜色完全被打乱了，成了一个五颜六色的大花脸。大家都摒住呼吸，瞅着局长胖嘟嘟的手，毫无章法地乱拧一气。

时间一分一秒地流逝，十几分钟过去了，局长手中的魔方，还是连一排相同的色快都没转出来，看来局长对魔方真的是一点感觉也没有啊。有人注意到，局长的脑门上，渗出了细微的汗星。局长这回糗大了。主持人意识到自己的提议，害苦了局长，让他在全体手下面前丢了脸。主持人尴尬地轻声对局长说："要不，我们就到此为止吧。"

局长却拧着眉毛，连连摇头。他将办公室主任喊了上来，重新拿了一只新魔方给他，然后对他耳语了几句。办公室主任连连点头，然后，掏出笔，在魔方上小心翼翼地写了起来。会堂里寂静无声，谁也不知道办公室主任在魔方上写着什么。难道是写着拧的顺序、步骤吗？

很快，办公室主任将魔方的六个面，36 个小方块都写好了。局长将魔方递给主持人说，将它打乱，越乱越好。主持人狐疑地接过魔方，上下左右前后地旋转了几把，将魔方拧乱。

局长接过被完全打乱的魔方，握在手中，面色庄重，前后上下左右地看了几眼，沉思了片刻，然后，对主持人说，可以开始了。话音刚落，只见局长胖嘟嘟的双手开始上下挪移，前后翻飞，上下腾跃，嘴里还念念有词。还没等大家反应过来，局长已经凌乱的魔方完全复原，红、橙、白、蓝、黄、绿六个色面，各就各位，整齐划一。局长只用时 36 秒。

太快了！太神奇了！太不可思议了！

掌声雷动。局长踌躇满志，气定神闲地扫视了大家一眼。

台下有人好奇地问："办公室主任在魔方上写了什么字，使局长瞬间像换了一个人一样，如有神助，在这么短的时间，将一个完全打乱的魔方复原?"

主持人拿起局长刚刚复原的那个魔方，只见上面密密麻麻写满了字：红色一面的九个小方块上，都写着"处长"，橙色一面的都写着"科长"，白色一面的都写着"队长"，蓝色一面的都写着"班长"，黄色一面的都写着"组长"，绿色一面的都写着"群众"。

难怪局长能将魔方神奇地归位啊，谁在什么位置，局长心中最有数了。那是局长玩得最转的"魔方"啊。

爱的储蓄罐

同学们排着队，面色凝重地将手中的钱，投进捐款箱，一元，五元，十元……，还有一些毛票。这都是他们节省下来的零用钱，他们怀着一个共同的愿望：那位得了白血病的同学，早日康复。

忽然，一个中年男人，双臂吃力地夹着一个纸盒子，从校外走了进来。他径直走到捐款的队伍前，放下纸盒，盒子里是一叠叠小额纸币，以及一堆亮闪闪的硬币。

他不就是学校边的那个无臂小店主吗？几乎所有的孩子都认识他。他来干什么？

他对负责捐款的老师说："把这些钱，转交给那个生病的孩子吧。"

老师为难地看着他，"你自己的日子也不宽裕，再说，这是我们学校内部的捐款，你就不用捐了吧？"

他坚定地摇摇头，"其实，这也不是我的钱，而是孩子们的钱啊。"

老师疑惑地看看他，把他请进了办公室。

关于他和他的小店，老师们也早有所耳闻。在学校两侧，开了很多小店。他的小店，卖一些书刊和文具，并没有什么特别之处，而且小店的位置也偏离学校大门，属于不好的地段，照理应该没什么生意，奇怪的是，他的小店，生意却比别的小店都要好些，孩子们似乎都特别喜欢去他的小店买东西，而且很多同学，还都是相约着去的。为什么孩子们要舍近求远，专门跑到他的店里去呢？有位老师悄悄去实地打探了一下，他佯装去买水笔。柜台里应声站起一个中年男人，问明了他想买什么后，男人伸出两只胳臂，从货架上"夹"起一只水笔。眼前的一幕，让那位老师惊诧不已：中年男人根本就没有手，他的两只手臂，从小臂处都断了，只露出两个肉球一样的东西，他就是靠这两个"肉球"，将笔对夹起来的。后来才知道，在一次事故中，他永

远地失去了双手。如今，他全靠这两只没有手的胳膊，支撑起自己的生活。老师恍然明白了，为什么孩子们都选择他的小店买东西了。

那么，他今天为什么会来捐款？纸盒里的钱又是怎么回事？他向大家讲述起纸盒里那些钱的来历——

每天一放学，就有不少孩子来到我的小店，买东西。货物都放在我身后的柜台上，孩子们需要什么，我用双臂一夹，就从柜台上“夹”下来了，再递给孩子。“夹”货物难度不大，可是，“夹”钱就有点难了，特别是硬币，我的双臂根本夹不起来。细心的孩子们怕难为我，所以，往往尽量将钱准备得正好，这省了我很多麻烦，但还是少不了找零的情况。后来，我就想了个办法，将零钱都放在一个纸盒里，孩子们付完钱后，需要找零的话，就让他们直接从纸盒里自己拿。

有人还担心，我这样让他们自己找零，是不是太轻信别人了？但我相信这些孩子，他们不会故意从我这儿多拿钱的。月底盘点时，我却吃惊地发现，帐还真对不起来了。我翻来覆去，算了好几遍，帐面就是对不上。你们不要误解，不是钱少了，而是多出来了，扣除成本，减去利润，帐面上多出十几元钱。我是财务出身，帐从来不会错的。很显然，钱是从那堆零钱里多出来的。后来，每个月对帐，我都发现，总会多出一点钱，有时多出一二十元，有时多出百十元。

说到这里，他的眼睛有点湿润。他说，虽然我一再跟孩子们说，记得自己找零钱，他们也确实自己从纸盒里拿零钱了，但每个月，我的小店还是会多出不少钱来。我把这些钱都攒了下来，这个纸盒子就是我的储蓄罐。今天，我把他们转交给你们，我不知道那个生病的孩子是谁，但我一定见过他，他也一定去我的小店买过东西。这些钱希望能帮上他一点忙。说着，他用双臂费力地从上衣口袋里“夹”出一叠纸钞，“老师，这点钱是我的心意。”

……他走出学校的大门，身后是朗朗的读书声，他晃晃手臂，两个半截空荡荡的衣袖，像风一样，翩翩起舞。

最后一个苹果

天，渐渐黑了下来，四周仍然不断传来山石崩塌的恐怖声音。

镇静了一下，他对大家说，我们被困在了深山中，手机也一直打不通。估计这次地震威力很大，请大家相信，一定会有人救我们的。在获救之前，我们必须自救。现在，请大家清点一下包里的食物和水。

他们是网上认识的驴友，约好了一起来九寨沟旅游的，没想到到达的第二天，就遇到了这场大地震。原计划他们晚上要赶到一个羌族村寨住宿的，所以，基本上只带了一点零食，大部分在地震前，边玩边吃掉了。大家打开了背包，将剩下的食物和水都掏了出来：两瓶半水，三袋面包，两包榨菜，一盒巧克力。这就是他们五个人全部的食物了。

一路奔逃到现在，每个人都筋疲力尽，饥肠辘辘。他说："我们只有这点食物了，必须节省。"他给每个人分了两片面包，半块巧克力，几小片榨菜。

找了一块相对宽敞的空地，五个人背靠背，熬过了又饿又累的恐怖之夜。

第二天，他们继续在乱石和倒塌的树木中，寻找出山的路。不时有可怕的余震袭来。黄昏时，他们隐约看到了对面山坡上有个村寨，好象不少房屋都倒塌了。他们想赶过去求救，可是，连接两座山的惟一的一座木桥，被山体滑坡冲垮了。他们拼命地向对面呼救，而不断传来的山体塌方的巨大声音，将他们的呼救声完全淹没了。

他们瘫倒在地上。要命的是，他们最后一点食物，也吃完了。他们本以为这天就可以找到出山的路，或者找到村寨，或者遇到救援人员。大家绝望地你看看我，我看看你。有人哽咽地说了声："我们没被震死，不会被饿死在深山里吧？"

他给大家鼓气。可是，没有食物，无法与外界联系，怎么熬下去啊！

他打开包，“我们还有食物。”他掏出了一个苹果，“对不起，我没有告诉大家，这是我特意留下来的。”

有人说，那赶紧分了吧，都快饿死了。

他坚定地摇了摇头，“不行！原来我们以为今天就能够获救，所以，那点食物都被我们提前分食了。看来我们对情况估计不足，也许，我们还要坚持更长的时间，才能与外面联系上。这个苹果，我建议留到最关键的时候。”

大家点了点头。

为了分散大家对饥饿的感觉，他提了个建议：“我们来自不同的地方，不如大家讲讲各自家乡最好吃的东西，”他开了个头，“我的家乡来自安徽淮南，淮南最有名的就是豆腐了，一块豆腐，在我们淮南，可以有 108 种不同的吃法。”大家你一言，我一语，回味起自己家乡最美味的食物。他的家乡喜吃辣的，他的家乡喜欢什么菜里都放点糖，他的家乡煲的汤浓而不腻……每个人，讲几句，咽一口口水。

忽然有人提议：“光这样讲，越讲越饿，不如我们每讲一道家乡菜，就啃一口苹果，怎么样?”大家瞪着他：“只有一个苹果，够啃几口啊?”他不好意思地笑笑，只做个样子嘛。

那个苹果，从一个人的手中，传到另一个人手中。“啃”一口，吧唧吧唧，咂咂嘴，咽下去。他们就这样，在饥饿、恐惧中，又熬过了漫长的一夜。

第三天，他们仍然粒米未进，也没有找到出山的路，只在一条山泉，每个人喝了一肚子泉水。

他将苹果洗干净，找出水果刀，准备切开，分给大家。他知道，再这样下去，很快大家连走路的力气都没有了。有人一把夺下了他手里的刀：“这个苹果不能吃，我们还能坚持，这可是我们最后的食物！如果现在吃了，我们就什么都没有了。”

……嘈杂的脚步声和人声，仿佛远在天际，他吃力地睁开了眼睛，隐约看见了几个穿着橘黄色衣服的人。他的身边，另外几个人还昏昏沉沉蜷缩在一起。被救援人员发现的时候，他的手里，还紧紧拽着那个红苹果。

他是我的朋友。一个星期后，他安全地回到了家乡。他向我们诉说了那个苹果的故事，他说，那个苹果是他们最后一点食物，也是他这辈子见过的最红最美的苹果。它是他们的信念，支撑着他们，直到获救。

唐大牛的生活指数

唐大牛先生有一只万能指数表，各种生活指数尽在其中。无论做什么事情，只要用万能指数表测试一下，就能够显示一组科学的依据和建议。每天，唐大牛戴着这块表，开始他日复一日严谨的生活。

早晨六点，唐大牛准时睁开了眼睛。抬腕看了看，今天的晨练指数是1级，不适宜晨练。唐大牛赶紧闭上眼，又睡了一个小时的回笼觉。七点，唐大牛第二次准时睁开了眼睛，他得起床了。穿衣指数是2级，唐大牛穿了一条深色西裤，一件短袖衬衫，如果是3级的话，就可以打条领带了。可惜，今天的穿衣指数只有2级，不适宜打领带。唐大牛遗憾而坚定地摇了摇头。

唐大牛平时的早餐是一个鸡蛋，一块面包，一小碗稀饭，半根油条。一看，今天的体重指数已经超标，唐大牛将含在嘴里的蛋黄又吐了出来。出门时，唐大牛抬头看了看天，想了想，不对啊，又低头看了看万能指数表，下雨指数2，有时偶尔有阵雨。这让唐大牛犯了难，不知道到底该不该带把伞。半个小时后，唐大牛的万能指数表终于又跳动了一下，这回显示下雨指数为1，也就是说不会下雨了，唐大牛这才放心地放下手中的伞，上班去了。

出了小区，唐大牛犹豫着是坐公交车，还是步行；是打的，还是骑自行车。从交通事故指数来看，坐公交车是最安全的选择；从成本指数来看，最省钱的方式是步行；从方便指数来看，无疑是打的；而从综合指数来看，骑自行车又是最佳选择。无奈的唐大牛，最后用掷橡皮的办法，选择了步行。9点半，唐大牛到达办公室，抬腕看了看，今天的迟到指数是4，极容易迟到。“真准啊”，唐大牛在心里赞叹了声。

十点钟单位开会，唐大牛看了看，最近自己的跳槽指数是5级，跳槽的可能性不大，唐大牛因此决定，继续热爱这家单位。会议的内容是唐大牛的专长：他本来有一肚子话要说的，但万能指数表显示，自己这几天自信指数

只有1，严重缺少自信心；语言表达指数也只有2，说出来的话很可能词不达意，或者言不由衷，这让唐大牛很泄气。

吃中饭时，在食堂里看到了一个陌生的漂亮女孩，据说是个实习生。女孩的回眸一笑让唐大牛怦然心动，这感觉已经很久没有了。至今还孑然一身的唐大牛本来想端着饭碗过去套套瓷的，可他还是冷静地看了眼万能指数表：今天的桃花运指数为零，恋爱指数也是零，连友情指数都是零。唐大牛火热的心立即降到了冰点。今天不宜动感情啊。唐大牛像掐灭烟蒂一样，狠狠地掐灭了心中的那团火焰。

下班时，有人打手机约他一起吃晚饭，给他介绍几单生意。唐大牛看看自己的万能表：今天人们的说谎指数是6级，很容易说谎。唐大牛得意地笑了："想诓我啊，没门。"唐大牛告诉对方，自己正在外地出差呢，回不来。唐大牛越想越好笑："说谎指数都达到6级了，你还不说谎，你傻啊。"

吃了一碗方便面，唐大牛一屁股坐在了电视机前。最近他在看一部韩剧和一部古装戏，两出戏他都很喜欢。不过，具体选择看哪部，那还得万能指数表说了算。今天的感动指数是4，流泪指数是5，泪腺比较敏感，很容易成串落下来，十分适合观看韩剧。唐大牛于是锁定了频道，并且随着剧情的发展，很配合地泪流满面。

夜深了，我们的唐大牛先生也要就寝了。在睡觉之前，唐大牛测量了一下今天的成功指数，又是一个零。想想这一天，好象真的是什么事情也没做，唐大牛重重地叹了口气。他又测了一下幸福指数，1级，有稍纵即逝零星小雨般的短暂幸福感。那么，这股幸福感来自何方呢？唐大牛终于想起来，也许是那个不认识的女孩的回眸，在他的心中撩拔起了一道幸福的涟漪吧。

在入睡之前，唐大牛测试了一下今晚的美梦指数：又是10级！这是最高级别了，意味着倒下就能进入甜美的梦境。最近一段时间，唐大牛的美梦指数一直都是10级。这让唐大牛兴奋不已，他总是迫不及待地进入梦乡。

唐大牛普通的一天，结束了。戴在腕上的那只指数万能表还在工作着，屏幕上显示：今晚，唐大牛流涎的指数是5级，遗精的指数是8级，被蚊子咬的指数是4级，梦游的指数是6级，明天重复今天的指数是10级……

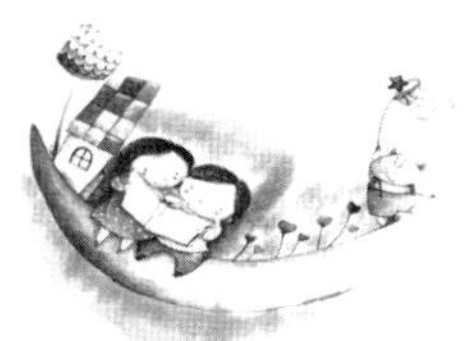

老爷子的路线

儿子媳妇工作都很忙，老爷子不得不从遥远的乡下赶来城里，照顾孙子。

孙子已经上小学了。学校离家有三四公里远，但有公交车可以直达。按照儿子的意思，每天早晨，老爷子将孙子送到公交车站就可以了，不必到学校接送。可是，老爷子却坚持要将孙子送到学校大门口，再自己回来。老爷子担心城里的车太多，人太杂，不安全。儿子也只好依他了。去的时候，老爷子是领着孙子坐公交车的。回的时候，老爷子却从来不坐车，而是步行回来。好几公里呢，得走多长时间啊。有几次，两三个小时过去了，家里的电话还没人接，说明老爷子还没有回到家。这让儿子无比担忧。可是，不管别人怎么劝，老爷子就是固执地不肯坐车，而是一路走回来，风雨无阻。这到底是为什么呢？

百思不得其解的儿子，决定要搞清楚真相。他请一个朋友，帮忙跟踪下老爷子，看看老爷子送孙子回来的路上，到底在忙些什么？

这天，老爷子照例将孙子送到学校门口。看着孙子蹦蹦跳跳走进校园了，老爷子返身往回走。

走不多远，老爷子进了一家小吃店。很简陋的一家小店，是一个破旧的工棚改建的，一看就属于违章建筑，估计不久就会被拆除了。进出小吃店的，都是民工模样的人。店主和老爷子似乎很熟，热情地打着招呼。不一会儿，老爷子的面前，摆了一碗黑乎乎的辣糊汤。老爷子出门的时候，吃过早饭了啊。没吃饱？老爷子一边吃，一边和店主闲聊着什么，很投机的样子。老爷子满头大汗地吃完了辣糊汤，又坐了会，付帐，起身和店主告辞。

老爷子继续往家走。走了几百米，老爷子突然拐进路边的一个胡同。这是一个城中村的入口。往里走不多远，老爷子在一家小理发店门前停下了。理发店好象刚开门，一位五十来岁的老师傅正在打扫，见到老爷子，很开心

的样子，搬出一把椅子，让老爷子坐，两个人大声地说着什么。说着说着，老爷子和老师傅会突然哈哈大笑起来。正聊着，有个老人慢腾腾走过来，像是要理发，老爷子站了起来，挥手和老师傅告别。

老爷子没有回到大路，而是继续朝里走。穿过这个城中村，再绕过一个临时搭建的简易菜市场，也可以回到家。但这条路儿子很少走，他平时都是开车走大路的。大路很宽敞，很繁华，谁会在意高大建筑物后面的那些角落呢。

拐个弯，老爷子在一个修车铺前停下来了。修车的是个年轻人，正在忙碌着。地上，反架着一辆自行车，还有一辆被卸了轮子的摩托车，这都是要修理的，看来今天的生意不错。年轻人看见老爷子，咧嘴笑了一下，继续忙他的活。粘着油污的脸，很灿烂。一个三四岁的小男孩从铺里跑了出来，老爷子一把逮住他，小男孩见是老爷子，并不害怕，反和老爷子嬉闹起来。这时候，又从铺里走出个年轻妇女，怀里抱着个幼儿，一边呵斥着小男孩，一边和老爷子打着招呼。老爷子乐呵呵笑着，摸摸小男孩的头，走了。走出很远，小男孩忽然对着老爷子背影高喊："明天还来啊。"老爷子扭头，很认真地冲小男孩点点头。

前面就是菜场了。菜场后面有条路可以绕过去，老爷子却走进了菜场。走几步，停下来，看看，摸摸。儿媳妇每天一早就上小区门口的大菜场买好菜，不需要老爷子再买菜了。老爷子看到那些青翠欲滴的蔬菜，就忍不住停下来多看一眼。最后，老爷子在一个菜摊前停了下来，称了一把菜。然后，掏出烟，递一支给卖菜的老汉，自己点一支。卖菜的老汉，哆哆嗦嗦点着烟，两个人隔着摊位，一边抽着烟，一边聊着什么，夹杂着卖菜老汉的咳嗽声。

最后，老爷子拎着一把菜，回到了宽阔的公路上。这里，离儿子住的高档小区，就只有百米多远了……

朋友一五一十地将老爷子的回家路线告诉了儿子。儿子问朋友听到老爷子都和他们说什么了吗？朋友一脸茫然地说，老爷子和他们讲的，好象都是你老家的方言，我根本听不懂。方言？儿子陷入了沉思。在这个城市里，有好几千来自家乡的打工者，他们分布在这个城市的各个角落。他和他们生活在完全不同的轨道上，他很少留意他们。他恍然明白，年轻时曾是生产队长的老爷子，为什么会找到并乐于沿着那样一条路线回家了。也许是他听到了久违的乡音，也许是他嗅到了难舍的乡情，也许……

培　训

黄四的培训中心，静悄悄地开业了。

对他的这个培训中心，没人看好。“现在各种培训班多如牛毛，凭黄四那点本事，能开什么培训班啊，肯定又是不务正业，”黄四 18 岁的女儿黄毛撇着嘴不屑地说。黄四也不解释，顾自印刷了一批小广告，然后，装进信封里，让女儿拿到邮局去寄。黄毛瞥了一眼信封，差点没笑岔了气。收信人都是本市各个部门的局长、处长、主任。在黄毛看来，老爸肯定是想发财想疯了，这样一张破纸片子寄给那些当官的，也能招揽来客户？做梦吧！

没想到，一个星期后，第一期培训班开班那天，场面竟然异常火爆。原本计划的 60 人班，一下子挤进了近百号人，全是女的：有珠光宝气的中年妇女；也有衣着新潮的年轻女孩；还有一些妖艳娇滴的女郎，个个手上拎的都是价值连城的坤包，让人眼花缭乱。“一定是美容养颜的培训”，在一旁忙着登记收款的黄毛心里暗想。每个人的培训费是 1000 元，一下子就有了 10 万多的进帐，黄毛数钱数得手发软。

黄四关上了大门，开始上课。所有的闲杂人等都被赶了出来，连黄毛也被黄四拒之门外。好奇的黄毛，偷偷绕到后院，这里有一条缝。可以清晰地听见里面的声音。

只听黄四简单地作了一番自我介绍后，就开始转入正题——讲课。黄四抑扬顿挫地说：“今天在座的各位，都来自官宦门第，身份都很高贵，也很特殊。有的老公是局长，有的爸爸是处长，有的公公是主任，还有一些特殊的客人，姑且也算是领导身边的亲人吧。我想，你们的老公、爸爸、公公，或者其他什么关系。之所以让你们来我这儿参加培训，都是抱着极大的诚意，想让你们学习掌握一些有用的知识，以免引起不必要的麻烦。那么，我要给大家讲授的到底是什么呢?”

黄四顿了顿，清了清嗓门，接着说：“我要讲的，是最近十分流行，危

害非常严重的挖坑学。我听到下面有人笑了。什么叫挖坑学？我先给大家讲几个最近发生的故事。”

一阵翻报纸的声音……黄四紧接着念道：“某副区长的女儿，在网上炫富，某包买了2万元，某钻戒花了6万元，某顿饭吃了3万元。结果，人家网上一人肉，搜索出来了。她每个月的工资只有三四千元，她的这些钱统统来路不明，矛头直指她当副区长的父亲，这就叫挖坑坑爹。”

“再看这一篇。一个年轻少妇在网上炫耀，天天不上班，照样吃皇粮，还炫耀人家送给她公公的价值十好几万的名表，网民一搜索，发现她的公公是某局的局长，连纪委都惊动了，这就叫挖坑坑公公。”

“还有这个故事。一个中年妇女，在家闲得无聊，就整天上网，到处晒自己家的珠宝。这个是南非钻戒，8万元，那个是法国名包，5万元，还有自己开的豪车，100多万元。最后，羡慕嫉妒恨的网民们一查，她只是一个没有工作的家庭妇女，哪来的这些钱？再一搜索，原来她的老公是某要害部门的处长，又惊动了纪委。这就叫挖坑坑夫。”

刚刚还有点闹哄哄的教室内变得鸦雀无声。只听黄四压低嗓门说：“这些愚蠢的女人，为了自己的虚荣心，在网上挖了一个个坑。坑了自己的亲爹，坑了自己的老公，坑了自己的公公，最终也坑了自己。所以，你们的老公、爹、公公，才将你们送到我这儿来培训。目的就是让你们不犯这样的错误，以免把你们的老公、爹、公公推进火坑”，黄四干咳了一声，“我告诉你们，永远不要在网上晒富，也不要在网上炫耀，就是不挖坑。那么，怎样做到这一点呢？这就是我今天要教会你们的……”

黄四的声音更低了。躲在一边偷听的黄毛也没兴趣，跑去继续数钱了。

此后，黄四的培训中心每天都络绎不绝。来听课的女人们，越来越多，黄四一夜暴富。

最开心最得意的，要数黄四的女儿黄毛了。从没见过这么多钱啊，老爸黄四真是太能干了。没多久，黄毛就像那些来培训的女人们一样，也买了名表、名包、名车和各种名贵衣服。那天，帮黄四收完了十几万的培训费后，闲极无聊的黄毛，在自己的微博上得意洋洋地晒出了自己的名表、名包和名车。还将刚刚收到的十几万培训费拍成照片，晒在了网上。

第二天，黄四照例打开培训中心的大门，准备新一轮的挖坑学培训。往常名车云集的门外，竟然只停着几辆警车。当黄四被戴上手铐的时候，才猛然醒悟：只顾着赚钱，却忘了先给自己的女儿黄毛培训了。

领导在上头讲话

领导交代，这次会议十分重要，所有与会者都必须认真记录。为防止有人又忘带笔记本或笔，要我们会务组在每个座位上放几张干净的白纸和一只削好的铅笔。

会议开始了。果然如领导所料，大部分人和以前一样，两手空空。预备好的白纸就像一面镜子，让他们羞愧。

领导敲了敲麦克风，咕嘟咕嘟喝了几口水，干咳了几声。这是领导每次做报告前的预奏，喝的水越多，咳声越响亮，表示讲的话越长。大家都倒吸了几口气。

第一大条，第一小条，第一要点，第一小点……领导开始讲话。

在领导高亢的嗓门下，我欣喜地看到，大家都拿起了面前的铅笔。随着领导讲话的节奏，几百支铅笔刷刷地在纸上游走，如急行军，如倾盆雨，如沙尘暴，如果不是领导的讲话振聋发聩，我们一定能够听见这支壮观的乐队所演奏的独特的交响曲。打瞌睡的，没有了；目光迷离的，没有了；交头接耳的，没有了。从来没有一次会议，像今天这样令人振奋。领导显然也被大家表现出来的认真专注所感动，他的音质更洪亮了。领导不断兴奋地喝水，不断兴奋地干咳，像激动的标点符号一样。

在时间都走得疲惫不堪的时候，领导的重要讲话，终于讲完了。领导踌躇满志地离开了会议室，从他挺得笔直的后背，我感觉到，他对这次会议秩序，非常满意；对大家认真记录的态度，非常满意。

我们开始收拾会场。铅笔都被带走了，白纸却全部留了下来，雪片一样散乱在桌上。

我随便拣起一张，是一个大头像。一张肥头大耳的脸上，嘴巴夸张地龇开，叼着一根话筒，话筒还像雪茄一样冒出一缕青烟。天哪，这不是咱们尊

敬的领导吗?

我吓了一跳，赶紧又拣起一张纸。谢天谢地，这张白纸上总算写满了整齐的文字。可是，细一看，竟然没有一句是领导的讲话，而是杜甫的卖炭翁，一笔一划，有板有眼。没想到咱们单位还有这样的能人啊。

再看看其他的纸，几乎没有一张是会议记录：一张纸被涂满了乱七八糟的线条，看得人头昏脑胀；一张纸上写的都是一个词，“郁闷”，有正楷，有篆体，有吏书，更多的是狂草，狂放，杂乱，没有章法；一张纸上写的是一段对话，好象是约晚上去哪里喝酒……

我们呆了，怎么会这样?

最头痛的是怎样处理这些白纸。

办公室的同事提了很多建议，我最后决定，还是赶紧悄悄地拿下去，喂粉碎机。其实，领导讲的，文件早已经下发给大家了。文件必须执行，而废纸，就应该粉碎。

死对头

新局长上任的第一把火，不偏不倚地烧在了黄四的头上。也没什么大事，就是局长交代给业务处的任务，没有完成，身为代理处长的黄四，非但没有检讨，还推三诿四，找出各种理由开脱。新局长怒不可遏，在全体中层干部大会上，对黄四大加挞伐，骂得黄四是狗血喷头。不识相的黄四，竟然还胆敢在会上顶撞了新局长几句。新局长火冒三丈，差掉没现场免了黄四的职。就这样，两个人结下了梁子，成了局里人尽皆知的死对头。

黄四在新局长那儿，是甭想捞什么好了。但有失必有得，黄四在群众中的威信，倒是与日俱增。敢与一把手顶牛的人，局里可没几个。特别是当谁对新局长有什么看法或牢骚的时候，都喜欢找黄四聊聊，排解排解心中的苦闷。倒未必是把黄四当知心朋友。黄四是新局长的死对头，绝不会到新局长面前传话，生出是非。

一次，办公室吴主任悄悄来到黄四的办公室。黄四清楚，吴主任向来是无事不登三宝殿，这次来，一定是有什么苦衷。烟抽到第三根，吴主任的话匣子果然打开了。原来吴主任因为擅自用公款招待了一帮外地来的朋友。这事搁以前局长在的时候，根本不算什么事情。没想到，新局长在签字时发现了这笔账，愣是没同意报销，退回给了财务室。吴主任只好自己掏钱补上。吴主任气愤地对黄四说，兄弟，你说我这个主任当得憋屈不憋屈，才一千多元钱啊，都不让我报销。奶奶的，他自己才来局里一个多月，光招待费就花了十几万，他的朋友来了，外地的亲戚来了，甚至是老家的老乡来了，哪一次不是用公款招待的啊？连他老婆开的车，汽油都是拿到我们局里报销的。吴主任附在黄四的耳边说，主办会计当初是我调进来的，是我的人，他用的每一笔钱，我都让主办会计记牢了，要是把我逼急了，哪天我一封匿名信，搞死他。黄四和吴主任，同仇敌忾。

黄四的知音，越来越多。来找黄四的人，和黄四一样，都是对新局长严重不满，或者得不到新局长赏识的人。只是没有人愿意或敢于像黄四那样，在新局长面前表露出来。黄四总是给予他们最大的安慰和支持，这使他们感觉好受多了。

那天，在一个新工程的开工典礼上，工程处的侯处长酒喊高了。这是新局长上任之后，主持的第一个重大工程。饭后，侯处长邀请黄四去高档茶楼喝茶。侯处长卷着舌头对黄四说："兄弟，咱没……没法干下去了。"黄四惊问缘故。侯处长咕咚咕咚喝了几大口茶，对黄四说："不瞒兄、兄弟你说，以……以前局里的工程，兄弟还有说、说话的份，这次这个项目，全是他妈的他一个人做主啊。"讲到愤怒处，侯处长的舌头竟然不卷了。黄四明白侯处长说的他，就是新局长。侯处长继续说："两个亿的工程，得多少好处啊。全被他吃独食了，这家伙也太贪了。"侯处长站起来，摇摇晃晃走到黄四身边："他既然不给我们活路，咱也不能让他好受。接工程的老板是我的老客户，一个哥们，总有一天，我把他的老底给抖出来，让他吃不了兜着走!"黄四将侯处长扶回沙发上坐下，拍着他的肩膀，坚定地说："我支持你!"

一转眼，新局长上任已经快半年了。在一次班子会上，新局长提出议案，将对局中层干部和一些重要岗位进行调整。一朝君子一朝臣嘛，这早就成不成文的惯例了。只是没想到局长耐性这么好，拖了这么久还没动作。新局长也不客气，直截了当地公布了他的调整方案：办公室吴主任年纪大了，已经不胜任办公室的快节奏，拟调任调研室主任；工程处的侯处长在这个岗位做得太久，群众反映他的问题不少，为了保护干部，以免犯错误栽跟头，拟将他调任工会专职副主席；财务室的主办会计，拟调到下属公司任一般职员，主办会计一职，向社会公开招聘；至于业务处的代理处长黄四，这个人嘛……

大家都为黄四捏了把汗，结局是显而易见的，那个代字和处长，恐怕都得拿下了。新局长干咳了一声，继续说道："我听有人私下说，黄四是我的对头。黄四这个人嘛，莽撞是莽撞了点，但是，有一种冲劲，我们就是需要这样敢将真话、能干事的干部。所以，拟提拔黄四为工程处处长。"

新局长人事任免宣布完了，基本上都在预料之中。唯一意外的是，新局长的死对头黄四，不但没被削职，还被提拔重用了。沉默了片刻，大家鼓掌通过。

直到若干年后，调研室的吴主任才搞清楚一件事，原来死对头黄四和新局长早就认识了。他们从小学到中学，一直是同座。

天　竺

天竺是我家乡的一道名茶。

其形挺直削尖，如笋；扁平俊秀，如鱼；光滑匀齐，如镜。用涌于后山的清泉冲泡之后，香气清高持久，香馥若兰；汤色杏绿，清澈明亮；叶底嫩绿，齐匀成朵；芽芽直立，栩栩如生。细细品之，沁人心脾，齿间流芳，回味无穷。

天竺茶，唯产于天台山之西南坡，乃绝品也。虽同一山，其他坡所产，质次之，徒具天竺茶形，味大不同。附近十山八坡，亦产茶，但品色更是迥异，不可同日而语。是故，天竺之名，乃天台山西南坡之一千零八棵茶树独享。丰年，一千零八棵茶树产茶亦不过区区万两耳。

一千零八棵茶树，也不是每棵每年都产茶。茶树亦有涯，年龄在二十至四十年间的茶树，如人之青壮年，血气方刚，精华锐聚，所发茶芽，方嫩而不娇，翠而不苍，是茶之极品。为确保原茶之天然醇成，年逾四十之茶树，皆连根铲除，重新培植；而不足二十龄之茶树，所产之茶，均茶民自饮，不得冠天竺之名。由是，天竺茶年产往往不过五千两。

新茶采回之后，经过摊放、炒青锅、回潮、分筛、回锅、筛分、收灰贮存，等若干道工序，乃成。而其中精要，在于炒制。天竺茶炒制之法，妙不可言，绝不外泄，全村只有村头的张师傅和村尾的唐师傅，得其精髓。简言之，乃抖一抖，搭一搭，捺一捺，拓一拓，甩一甩，扣一扣，挺一挺，抓一抓，压一压，磨一磨。其中手法，力道，火候，非亲身炒制者，不能言。张唐两大师傅，日炒新茶，百两而已，又减除两大师傅失手没炒好的茶叶，天竺茶年产已不足 4 千两。

天竺茶名震遐迩，除进贡京城 3 千两外，每年流散街市茶楼的，不到一千两。即令吾乡之富贵人等，亦以能品茗一口地道的天竺茶，为人生之大荣大幸。然而这种机会实在是太少太少了。

天竺茶是稀有的，神秘的，是茶之极品。求之者众，不得。

天竺茶也是昂贵的，但因为产量极少，吾乡之人，并没有因此获得多少益处。

某日，一个陌生人走进了吾乡。

陌生人站在天台山的西南坡上，对吾乡乡邻说，天台之名，贵在天竺名茶；而天竺名茶，皆出自这一千另八棵茶茶树。茶树本来就非常有限，还以树龄剔除了一半，这实在太没必要。外乡人提议，不如将这一千另八棵茶树，无论树龄，都作为天竺茶的原茶，产量将净增一倍。乡邻以为然。是年，天竺茶产量达一万两。虽产量增加了，但因为总量少，市场上仍然一茶难求，倒是吾乡人获利倍增。

次年，陌生人再游说乡邻，同为天台山一脉，得同样的阳光雨露，地灵之气，既然西南坡所产之茶谓之天竺茶，东南、东北、西北三坡的茶，就如同四兄弟，为什么不可以共用这个名字呢？吾乡人一想，言之成理啊。于是，天台山被命名为天竺茶原产地，山之西南、东南、东北、西北四坡茶树，同为天竺茶之正宗原茶。天竺茶产量，由此净增三倍，达四万两。是年，吾乡人获利又激增。

又一年。陌生人又游说乡邻，附近十里八乡，大家既然同日同月，同河同源，同根同蔓，方圆百里，十山八坡，所产之茶，品质其实并无悬殊，天竺吵的关键是独特的炒制法，如果将附近的原茶都收购过来，由张唐两位师傅来炒制，不也就成了正宗的天竺茶了吗？于是，附近十里八乡产的原茶都被运到了天台山，张唐两位师傅日夜不停地炒制，普通的茶叶摇身变成了著名的天竺茶，身价倍增，吾乡人大获其利。

但两个人炒制的能力终归有限，陌生人又劝张唐师傅，广收门徒，简化炒制手法，将十大手法简而言之，归为一大法则，翻炒法，即如厨师炒菜，翻来覆去而已。炒制时间大为缩短，炒制进程大为加快，但这仍然远远不能满足源源不断地从各处涌来的原茶。陌生人于是引进先进的机械设备，将人工炒制改成机器炒制，一台轰隆隆的机器，日炒茶叶万余斤。

陌生人成功地将吾乡的天竺名茶包装，推广。很快，市面上到处都是天竺名茶。

天台山西南坡的那一千零八棵茶树，因为久无人培育，已经长成野树了。而张唐两位炒茶大师，也被外乡人高薪聘请去操作炒茶机器了，他们甚

至早忘了“抖搭捺拓甩扣挺抓压磨”那套烦琐的工艺了。人人都在抓紧时间获利，谁还在乎这些呢?

……已经很多年，没有人喝过天竺茶了，甚至压根没有人记得，曾经有过这样一道名茶。倒是听老人们传说，那个陌生人，是一家一直与天竺名茶竞争的外地茶商派来的。

你一定从没有听说过我家乡曾经非常著名的天竺茶吧，这一点也不奇怪。在我的家乡，有很多美好的东西，就是这样消亡的。

他爸是老板

几个小伙子，聚在一起。

走进一家小饭店。人多，好不容易找了个空位子坐下来，点好菜。菜迟迟未上。其中一个小伙子愤怒地喊来了服务员，责问菜怎么还没上来？服务员解释说："今天顾客实在太多，厨房一时忙不过来，得按顺序，请再耐心等一等。"小伙子指着另一个小伙子说："我告诉你，他爸是老板，把你们经理喊来！"不一会儿，饭店经理穿过人群，匆匆赶了过来。小伙子指指另一个小伙子，对老板说："他爸是大老板，有的是钱，说实话，上你这吃饭是看得起你，还不快点上菜？"饭店经理对几个小伙子陪着笑脸说："幸会幸会，我马上通知后台，你们这桌菜先上。欢迎你们经常惠顾本饭店，特别期待令尊有机会也莅临本饭店。"小伙子得意地挥挥手说："那就要看你的表现了。"饭店经理连连点头，转身对身后的服务员说："这都是贵客，一定要照顾好。"

菜很快就上来了，还免费加送了一道汤。几个人酒足饭饱，扬长而去，饭店经理领着漂亮的女服务员，一直将他们送到门外，连声说："欢迎再赏脸啊。"

几个人接着来到某办事中心，为其中的一个小伙子办理一份证明。每个窗口，都排着长队。看来，如果排队的话，至少得等个把小时。一个小伙子直接挤到台前，问窗口里的工作人员，谁是你们的头？工作人员看看他，朝边上一个身穿制服的人努努嘴。小伙子转身对制服男说，你是这儿的头？制服男点点头，问有什么事。小伙子说，我们有点小事，麻烦你马上给办下。制服男指指窗口，办事请排队。小伙子身子往前凑了凑，指着身后的另一个小伙子说，我告诉你，他爸是局长。制服男愣了一下，脸上立即堆满了笑容，对小伙子说，那请跟我到这边来。几个小伙子跟在制服男的身后，来到了另

一个窗口前，对正在整理材料的工作人员说，先放下手头的活，给他们把事办了。不到一分钟，证明就开好了。

手里拿着证明，几个人扬长而去，制服男一直将他们送到办事中心的大门外，小伙子拍拍制服男的肩膀说，好好干，你会大有前途的。制服男激动地说："还请在令尊面前，为在下多美言几句，下次有什么事，尽管来找我啊。"

感觉真是太好了，几个小伙子洋洋得意，决定再去找个地方，好好乐一下。他们走进了一家高档会所。一问，包厢却都满了。怎么办？一个小伙子说："没事，直接找经理。"经理摇着头说，包厢真的都满了，你们下次再来吧。小伙子指着另一个小伙子说："我告诉你，他爸是明星。""真的吗？"经理眼前一亮，"好说好说，我想办法给你们腾挪一个包厢来。"走进宽敞的包厢，几个小伙子搂着经理亲自挑选的漂亮姑娘，又唱又跳，又是喝酒，又是猜拳行令，好不尽兴。

玩乐够了，几个人扬长而去。经理一直将他们送到大门外，并给每人发了一张名片，对小伙子说："还请令尊多多关注我们，有机会帮我们向娱乐圈举荐举荐啊。"

来到大街上，几个小伙子笑岔了气。真没想到，如果有个好老爸，会这么好使。意犹未尽，几个人决定开着租来的车子，再兜兜风。

车刚拐个弯，在一个小巷子口，与侧面而来的一辆出租车发生了小小的刮擦，很快就围上来一些看热闹的人。开车的小伙子下车与出租车司机交涉，打算让出租车赔点钱，没想到出租车司机一点不买账，坚持认为是他们的责任。旁边的围观者也唧唧喳喳地议论，有人说是出租车的错，有人认为是小伙子开车太霸道，莫衷一是。看着犟头犟脑不肯服软的出租车司机，小伙子突然指指车里的小伙子高声说："我告诉你，他爸是老板！"出租车司机一听，大声喊道："他爸是老板怎么了？"边上围观的人也喊起来："老板有什么了不起，有钱就可以乱来吗？"小伙子一看情形有点不对，又指着另一个小伙子说："他爸是明星！"没等出租车司机讲话，围观的人叫起来了："明星有什么了不起，名人就可以胡作非为吗？"群情激愤。一看这阵势，小伙子慌了，用手胡乱地指指车上的人，颤抖地说："他、他爸是局长！"这一声不得了，围观的人立即像决堤的洪水，爆发了："局长有什么了不起，当官的就可以为非作歹吗？"越来越多的人围了上来，到处是愤怒的呐喊声。

有人说富二代开车撞人了，有人说星二代打人了，有人干脆说官二代故意飙车撞出人命了……

局面完全失控了，直到大批警察赶到，才将这起小小的刮擦事故而引起的群体事件，慢慢平息。警察后来了解到，这几个小伙子都是普通人家的孩子，没有任何背景。记者追问几个小伙子，那么，为什么要冒充富二代、星二代和官二代？几个人低垂着脑袋，半天才挤出几个字：下次再也不、不敢了。

按姓氏笔划

我们单位经常承办各种各样的会议，会务工作很繁琐，苦不堪言。不过，最让办公室王主任担惊受怕的是为参加会议的人员排名。

王主任十分清楚，排名很讲究，绝不能有丝毫差错。有时按官衔大小，有时按职位高低，有时按年龄长幼，有时按先来后到。每次排名，王主任都小心翼翼，如履薄冰。

那次，参加会议的人员情况太复杂，王主任决定采用最简单的办法：按姓氏笔划。这个排名方法，可以避开很多矛盾。

可是，会务材料刚发下去，王主任的手机就响了，对方怒气冲天："为什么把我们藏主席排在最后一名？你们什么意思？太轻视我们了吧！"藏主席是这次会议的主管部门负责人，王主任赶紧解释道："这次是按姓氏笔划排名的，臧主席的姓笔划最多，所以才排在后面的。""既然按姓氏笔划，那就像我们单位一样，从笔划多的开始排。否则，会议立即取消。"王主任哭笑不得。在层层请示汇报后，决定破例按笔划从多到少，重新排名，会议才得以照常举行。

当晚，有人敲开了王主任的办公室，是位须发皆白的长者。长者和蔼地看着王主任，听说今天有人为了排名，大闹了一场，真是不像话，徒有虚名啊。王主任连忙说是我们工作没做细。长者语重心长地说："工作是要细致再细致啊，像今天这个学术会议，排名还是很有讲究的嘛。你看看，小齐的名字排在我前面，就让人不能理解，他是晚辈嘛，怎么能排在我的前面呢？"王主任解释说："这次是按姓氏笔划排名的。"

"我姓纪，他姓齐，都是六划嘛，他怎么就排在我的前面？"

王主任头皮发麻了："那一定是他的名字笔划少一些吧。"

"不对嘛，他叫长杰，我叫仁松，笔划都一样嘛！"长者的语气里流露出了压抑不住的不满。王主任想起来了，排名的时候，还真发现了这个情况，两个人的姓和名字笔划都一样，当时想想也就差一个名次，没什么大不了，就给随便排了一下。没想到，还是惹了麻烦。王主任连声道歉。

会议结束那天，又有一个中年妇女愤怒地找到会务组：“我告诉你们，我这个‘张’字只有五划，我从来只写五划，五划写不出第二个张字！他们就应该排在我的后面！”王主任被骂得一头雾水。晚上回家，王主任问刚上一年级的儿子：“张字几划？”儿子用铅笔随便一画：“五划。”他也将弓字连成一划了。王主任气得七窍生烟。

那次会议之后，王主任再也不敢按姓氏笔划排名了。可是，到底该怎样排出一个让大家都满意的顺序呢？这是王主任至今也没有找到答案的难题。

取 经

新书记到任了，县里各部委办局面貌都焕然一新，个个争先恐后，呈现出从未有过的积极向上的喜人景象。

为了更好地做好本职工作，让新书记满意，交上第一份漂亮的答卷，各单位还大兴调研之风，寻找新思路，开拓新局面。一路路人马，直奔新书记此前工作的邻县，虚心取经。一时间，邻县热闹非凡，各部门都在忙着对口接待。

最先赶到的是县委办。县委办主任向邻县的县委办主任开门见山地说明了来意："你们跟老书记多年，对书记的工作习惯肯定了如指掌，书记刚刚上任，我们就多次听他夸奖你们，服务工作做得又细致又到位，看得出，书记对你们很赏识，很留恋。请务必传授一下宝贵的经验，比如书记有什么特别的喜好？听汇报的时候，是喜欢听喜，还是不烦报忧？对讲话稿有没有什么特别的要求？脾气怎么样，是直肠子，还是喜欢拐弯抹角？"都是同僚，以前在市里开会时，也经常碰头，所以，邻县的县委办主任毫无保留地将自己这几年跟随书记的经验体会，都一古脑儿倒了出来。最后，邻县的县委办主任还贴着县委办主任的耳边，传授了一条秘籍："书记经常读白字，所以，给书记写的讲话稿，尽量不要出现生僻的字眼，如果实在找不到替代的字，一定要记得在旁边加注一下，千万别用拼音，书记方言太重，有几个韵母根本拼不出来，这一条非常重要，切记切记。"县委办主任对邻县的县委办主任千恩万谢，踌躇满志地回到了县里。

紧接着赶来取经的是县电视台。新书记上任的当天，他们就派出了两名最得力的记者，扛着两台摄相机，跟在书记的屁股后面，忙活了一整天。回到台里，台长亲自指挥人员剪辑配音，这可是书记到本县上任后的第一条新闻报道，必须确保万无一失，书记满意。当晚，十五分钟的本县新闻，书记的新闻播了整整 12 分钟。第二天，台长等着宣传部打电话表扬呢，电话是等来了，部长亲自打的，但不是表扬，却是批评，书记对他们的报道很不满意。

台长又惊恐，又茫然，他实在不知道哪儿出了错，书记才这么不满意。所以，台长赶紧领着一帮人，到邻县取经。台长向邻县台长倾诉了自己的苦衷，并将昨天刚刚播放的那条新闻带，放给邻县台长观看，请邻县台长指教，看看问题到底出在哪儿。邻县台长看了他们的录像带后，笑着对台长说，你们这条新闻虽然播了12分钟，但是，从头至尾，书记没出现几个特写镜头，这就是问题的症结。依我这么多年的经验，书记特别喜欢特写镜头，不管是书记在发表重要讲话，还是下乡调研指导，都要有特写镜头，千万别管什么新闻性。掌握了这一点，书记的新闻报道就好做了。台长如获至宝，赶紧给正在跟着书记采访的记者打电话，让他们今天务必多拍几个书记的特写镜头。

统计局向来是慢条斯理的单位，这一次，他们也快马加鞭，第一时间赶到邻县取经，因为，就在昨天的大会上，他们刚刚挨了书记的一顿狠批。书记将手上的一大叠报表摔得震天响，愤怒地叱骂他们是一群不学无术的饭桶，连个统计数字都不会上报。统计局长被骂得一头雾水，一肚子委屈，这都是反复核实一分一毫都不差的真实数据啊，为什么反而会遭到书记的唾骂呢？百思不得其解的统计局长，火急火燎地来到了邻县的统计局。邻县的局长未等他开口，就直截了当地对他说："你的问题我最清楚，上次在市里开会我就跟你说了，统计是门大学问，绝不是简单的数字。你瞧瞧，这几年，我们县的各项指标，都远远地超过了你们，为什么？就是凭数字说话嘛。实话告诉你，书记喜欢让数字跟着他的指挥棒转，而绝不是被数字牵着鼻子走。"邻县的统计局长拍拍局长的肩膀，言辞恳切地说："兄弟，别再犯书生气了。要想让书记满意，记得兄弟一句话，他需要什么数字，你就给他出什么数字，保准不会错，书记一定满意。"统计局长扶扶鼻梁上的眼镜，摇摇头，又点点头。

就这样，县里的各个部门，在一把手的亲自带队下，相继来到了书记此前工作了若干年的邻县，考察取经。在对口单位无私、热情的接待下，他们都很快取到了真经，分享了宝贵的经验。回到县里后，各单位根据取经所获得的珍贵的第一手资料，着手改善工作作风，紧跟书记的步伐，翻开了本县新的篇章。书记终于露出了笑脸，在一次全县干部大会上，书记春风满面地对台下正襟危坐的几百名大小干部说："我就知道你们都是勇于创新，不断进取的人才，有了你们这样一只干部队伍，我们就能战无不胜，将本县的各项事业做好。"台下响起经久不息的热烈掌声。

一年后，另一个邻县，已在本县悄然崛起。

办公室安排

翘首以盼的新办公楼终于建好了，却迟迟没有搬迁。因为领导们的办公室该怎样安排，一直无法达成共识。

新办公楼共八层，光是确定领导们在哪一层，就伤透脑筋。一层人来人往，嘈杂纷乱，只适合群众办事，不适宜领导办公，无可争议地被排除了。二层有一个平台，采光、透气都不错，还种了些花花草草，本来挺合适，可是，不知道谁嘀咕说二字不好，两虎相争、两败俱伤、两面三刀，可不都是二字惹的祸？咱们单位局长、书记两个一把手，明里一团和气，暗里勾心斗角，是公开的秘密。于是，两个一把手，异口同声否定了二楼。

办公室主任向领导建议领导的办公室最好放在八楼，八谐发，是最吉利的数字。现在很多人为了车牌号、手机号尾数带个八，不惜重金，就是这个道理。八楼位居顶楼，视野开阔，一览众山小，且极具象征意义：八面玲珑，寓意领导的杰出才干；八面威风，突显领导的崇高威望；八方呼应，昭示领导的非凡号召力；八仙过海，比喻领导的多才多艺……领导们笑容满面地接受了办公室主任的这个建议，一致夸奖办公室主任博学多才。就在准备搬迁前一天，领导却突然变卦了，并给予了办公室主任最严厉的批评。因为不知谁在领导的办公桌上放了一张字条：七上八下。领导正色办公室主任：“这是个路线错误，后果很严重！”

七上，这倒是个好彩头！副的想挪正，正的想再上台阶，七是朝气蓬勃蒸蒸日上的数字，上是大家共同的奋斗目标。吃一堑长一智，领导叮嘱我们单位最有才气的笔杆子老吴头，查查这个“七”还有什么来头。老吴头查遍辞海，搜肠刮肚，终于将“七”的来龙去脉弄清楚了。“七有七斗星，是方向；七有七仙女，有灵气；七有曹植七步成诗，太有才了；童话里的七个小矮人，感动了几代人；一周七天，周而复始，无穷尽也；人有七情六欲，开门七件事，诸葛亮七擒七纵，所有动听的音乐都出自七个音符。”老吴头说得多好啊。领导心花怒放，说：“我们也可早点搬进宽敞的新大楼上班。“千不该万不该，老吴头最后画蛇添足，小心翼翼地告诉领导：“七只有一点不好，七死八活。”老吴头啊老吴头，你这不是吃饱了撑的没事找事吗?

办公室搬迁，成了久悬难决的头疼事。因为六神无主，六楼被书记枪毙了；因为五毒俱全，五楼被局长搅黄了；因为四大皆空，四楼被最年长的副局长撂下了；因为三足鼎立，三楼被三个年轻副局长集体剔除了。一幢漂亮气派的八层新办公楼，几个领导竟然找不到立身之地。

半年后，我们总算搬迁了。领导们安排在几楼？忘了告诉你，办公楼又加了一层，领导们全部集中在九楼。为什么？十拿九稳呗。领导嘛，不就图个稳字?!

食　疗

黄四病恹恹地走进一家专科医院。这几年他四处求医，做了无数遍的检查，吃了无数种药物，打了无数次的针剂，病情不但没有缓解，反而日趋严重。黄四觉得自己的日子已经不多了。对这家所谓的专科医院，他也不敢抱什么幻想，死马当活马医吧。

医生为他做了全面的检查，从外到内，果然浑身是病。黄四可怜巴巴地看着医生："那我还有救吗?"医生又将他的厚厚的病历，翻看了一遍，对他说："虽然你几乎病入膏肓，但还不是没得救。"听说还有一线希望，黄四激动地对医生说："只要能保住命，再苦的药，我都能咽得下；再痛的针，我都能受得了；再大的手术，我都能扛得住。"医生笑着说："错了，你身上这些病，不用吃药，也不用打针，更不用开刀。只要按我的处方，进行合理的食疗，我保证你食到病除。"

黄四不相信地竖起耳朵，对医生说：这几年，为了补身体，增强抵抗力，老婆倾家荡产，将天底下能找到的好食材，都想方设法找来，做给自己吃。黄四指指自己的肚腩："医生，不瞒你说，这些年我吃的东西，不敢讲是天底下最好的，但绝对可以保证都是新鲜的自然的绿色的无污染无危害的食品。"医生一听，连连摇头说："这恰恰是你的病根子啊。"

医生拿起笔，刷刷地开好了几张处方。

黄四拿起一张处方，上面只有两个字："生姜。"黄四诧异地看着医生，说道："生姜我经常吃啊，都是我老婆托人从农村老家的乡亲家里买来的。"医生晃着手中的笔说："错了，我这个生姜一定要是经过硫磺熏制过的，最好就在城里的市场买，因为那儿卖的生姜，基本上都是硫磺熏过的，硫磺含量恰到好处。"黄四瞪大了眼睛："吃硫磺熏过的生姜，那不是有毒吗?"医生笑着说："对啊，这个方子就是为了治你的皮肤病的。"医生撸起黄四的胳膊："你看看，你全身都有皮肤病，必须先治外，再疗内。"

黄四疑惑地又拿起一张处方，也只有两个字，"鸡鸭"。黄四说："这两样家禽我也经常吃，并且都是我乡下老母亲亲自喂养的，绝对是土鸡土鸭，不但营养丰富，而且口感特别纯正。为了养好这些鸡和鸭，老母亲都是拿自己的口粮，喂给它们吃的，可怜老母亲，自己经常饿肚子。"医生摇着头说："你又错了，我这个方子里的鸡鸭，必须是机械化饲养的，吃饲料长大的。""这是为什么？"黄四不解地看着医生。医生解释说："你体质虚弱，极易被病毒侵袭，所以，必须在你的体内补充抗生素，而机械饲养的家禽，为了防避瘟疫，会大规模地给它们注射和喂食抗生素。而城里的市场卖的，大多就是这样的鸡鸭。"

拿起第三个处方的时候，黄四的手，都有点颤抖了，一看，上面还是只有两个字，"蔬菜。"未等医生开口，黄四试探地问："是不是也必须是城里的农贸市场买的蔬菜？"医生赞许地点点头，"聪明。你能说说为什么也必须是市场上买的吗？"

"那还用说吗，因为市场上买的蔬菜，大多有农药残留，而这些农药，正好可以杀灭我体内的病菌。"医生哈哈大笑着说，"你说的很对，以毒攻毒，这正是我这个食疗偏方的妙处。"

虽然对医生的处方，心存疑惑，但黄四还是决定试一试，反正自己已经病成这样了，横竖是个死。回到家后，黄四将医生的处方交给老婆，让他从此就照方子给他做饭。老婆将几张处方翻来覆去看了几遍，喃喃地说："这叫什么偏方啊，不就是让我们和大家一样，到市场上买有毒有害的食物吃吗？"黄四不耐烦地说："别人都是这么吃的，不都好好的吗？我们也像大家一样吃，有什么关系？"老婆嘀咕了声，这倒也省了不少事。

自此之后，黄四和老婆，天天上市场买菜，或者下小饭店，再也不四处搜寻什么新鲜的自然的绿色的无污染无危害的食品了。没想到，一段时间后，黄四身上的皮肤病竟然好了；久治不愈的感冒，没了；一直闹蛔虫的肚子，不疼了；肌肉土豆一样冒出来，浑身有劲了。病恹恹的黄四，以及黄脸婆一样的老婆，忽然都容光焕发，走路生风，总感到有使不完的劲。一句话，黄四全身的病，突然都消失了，黄四完全康复了。

大喜过望的黄四，兴冲冲地赶到那家医院，向医生表达感激之情。医生满脸笑容地对他说："记住，今后有个小病小恙的，不要老想着往医院跑，

其实食疗都可以解决的。”医生压低嗓门说：“实话对你说吧，现在无论是市场卖的，还是饭店吃的，食物里除了固有的营养成分外，还都富含各种药物成分，哪还有必要再吃什么药，打什么针呢?”

黄四点头如小鸡啄米，对医生佩服得不得了。千恩万谢后，黄四轻声对医生说：“麻烦你再给我开瓶避孕药吧。医生拍拍他的肩膀，这个也得食疗。”说着，拿起一张处方，刷刷地写下两个大字：黄鳝。

黄四看看医生，两个人心领神会，哈哈大笑起来。

签　名

黄四好不容易，赶在年龄到岗之前，转了正，成了局里的一把手。黄四走马上任之后，头一件事，就是花高价请高人书写了自己的签名，一个字一千元。贵是贵了点，但黄四觉得值，当一把手了，今后签名的机会多了去，没个潇洒气派的签名，怎么成？以黄四那手蹩脚的字，黄四自己都觉得丢人现眼。黄四也没讨价还价，只是让高人又免费送了他两个字“同意”。黄四知道，这两个字，将和他的名字一样重要，一样常用，一样价值连城。拿到签名后，黄四苦练了三天三夜，终于将这四个字练得是行云流水，气贯长虹。签名很快就派上了用场。黄四将自己的大名和同意两个字，签在了局办公大楼的装修合同上。拿到合同的老板，不但为黄四的签名买了单，还悄悄地付出了一大笔利息。具体的数字，只有偷着乐的黄四黄局长，自己心里清楚了。

一把手的感觉，真好啊。以前做副职的时候，黄四虽然也有机会签签自己的名字，但多是象征性的，不算数的，连在饭店里请个客签个单，都得一把手同意了才有效。黄四为此也郁闷过，但在自己熬成了一把手之后，黄四才深刻地体会到：一个单位，还真的只能是一支笔，要是谁都能签名，谁都有资格签同意两个字，人人都能做主，他这个一把手，还有什么权威，还有什么意思，还有什么好处呢？

很快，黄四的名字和“同意”两个字，就出现在了局里所有的文件、所有的决定、所有的合同、所有的材料之上。不管大事小事，没有黄四的签名和“同意”两个字，你就甭想办成。黄四以前所未有的绝对权威，和日渐流利的签名，稳稳地操控着局里的一切权力、一切利益和一应事务。黄四也在越来越多的签名中，体会到权力所带来的快感，以及背后丰硕的收获。

黄四迷上了签名，偶尔一两天没有签名的机会，他就会觉得特别失落，特别空洞。这时候，他就会在单位的空白便签上，信手练练。他对自己的签名，和同意两个字，已经到了痴迷的地步，那是比红彤彤的公章，还要管用的几个字，能不金光耀眼吗？好在这样失落的机会并不多，黄四总能找到新的项目和新的途径，让自己签名。而每一个项目、每一次签名的后面，对黄四来说，都是滚滚而来的利益。黄四明白，自己顶多干一届，必须珍惜每一天，充分把握和创造一切机会。

当然，黄四，黄局长的签名，也不完全是出现在单位。有一次，一直负责检查儿子作业并签家长名的妻子，出差去了。黄四中年得子，对这个儿子是特别疼爱。儿子将作业本递到黄四面前，让他检查签字，黄四从公文包里掏出专门的签字金笔，刷刷地写了两个大字同意，并流利地签上了自己的名字。儿子看到黄四龙飞凤舞的签名，佩服的不得了，小家伙只是没弄明白，同意这两个字是干什么用的。

还有一次，黄四陪一个漂亮的女孩子逛专卖店，黄四从没有陪妻子逛过商场，他认为，那是爷们该干的活吗？但是，黄四经不住漂亮女孩娇滴滴的软磨硬缠。漂亮女孩买了一大堆珠宝首饰，黄四掏出银行卡，眼皮都不眨地递给了营业员。营业员刷过卡后，让黄四在对帐单上签字，黄四掏出金笔，照例先潇洒地写下两个大字，“同意”，然后，签上了自己的大名。营业员接过对帐单，一脸疑惑地盯着同意两个字看了半天。黄四笑着说，这不是我的名字，我的名字在下面呢。

最有意思的是黄四在一个老板儿子婚礼上的签名。黄四应邀去参加婚宴。和很多新人一样，老板儿子也准备了一个大红的签名薄，让来宾签名留念。老板毕恭毕敬地将黄四引到签名台前。为了让黄局长签好名，老板特意让儿子将签名薄的第一页，完整地留给了黄四。黄四没有用老板谦恭地递来的签字笔，而是习惯性地掏出了自己的金笔。很多宾客都围了过来，大家都耳闻过黄四的签名，潇洒，有力，一气呵成，大家都想现场见识一下。黄四也摆好阵式，准备好好亮一手。只见黄四伏在台上，奋笔疾书，写了两个金光闪闪的大字：同意，然后签下了同样金光闪闪的大名。老板看到黄四的签字后，先是愣了一下，继而热烈地拍起了巴掌。这是老板多么熟悉、多么感激的几个大字啊。

黄四在局里的最后一次签字，是在他临退休前的一天。几个穿着制服的人，径直来到了他的气派的办公室，将一张盖着鲜红大印的逮捕令，摊在了他的面前。黄四的额上，渗出了一层细汗，他以为自己可以人不知鬼不觉地全身而退，没想到，终于没能躲过这一劫。这一天，还是赶在他退休之前突然来临了。一个制服男对他说："签字吧。"黄四抖抖嗦嗦地拿出自己的金笔，犹豫了片刻，又放下，接过制服男递来的钢笔，颤颤巍巍地在逮捕令上写下了四个歪歪扭扭的大字：同意。黄四。

下一个决定

他翻了个身，一股寒气从被窝的缝隙里，钻了进来。这个鬼天气，可真冷啊，被窝里真暖和啊。他懒洋洋地将眼睛睁开一条缝，瞅一眼窗户，厚厚的窗帘透露出天光。也不知道现在几点了，也许早到了上班的时间？也许真的该起床了？他想，还是让老天来决定吧，如果今天外面出太阳了，我就马上起床，立即赶去上班。如果没有太阳的话，那我就继续睡个回笼觉。他一骨碌爬起来，奔到窗前，撩开窗帘一看，外面灰蒙蒙的，是个阴天。“真是天助我也，”他飞快地钻回热乎乎的被窝筒。自己想想也好笑，其实昨天晚上他看过天气预报了，今天是阴天，有时有小雨，出太阳的几率几乎为零。但不管怎么说，自己不是因为懒惰才赖床的，而是天意。想到这，他心安理得地重新闭上了眼睛。

也许是九点，也许是十点，他总算来到了单位。泡杯茶，翻翻报纸，时间就又过去了个把小时。他点根烟，思考着上午剩下来的时间，该怎么打发。上次的分析报告，一直还没动笔，领导要求这几天就要上报，然后进行讨论。他早该动手写的，但总有这样那样的事，将它拖了下来。不过，一想到要写材料，他就开始头疼。这辈子也不知道写过多少材料了，每次写材料，都是一次痛苦而漫长的折磨，直到实在拖不下去了，他才会仓促完成。这一次的材料很关键，领导很重视，必须写好。他打开电脑。点开写字板。头忽然更疼了。他环顾了一下办公桌，目光落在了电话机上，他想：如果五分钟内，电话铃声响起来的话，那么，一接完电话，我就开始写。时间一分一秒地过去。直到他第三根烟抽完了，电话也没响。他嘿嘿一声笑了：看来，老天爷也知道我现在头很疼，有意让我再喘口气啊。想到这，他心安理得地呷了一口茶，合上电脑，继续翻报纸，看花边新闻。

下午。原计划今天要去拜访一个客户的，这是一个很重要的客户，涉及到单位一个很大的项目。他探头看看窗外，不知道什么时候开始，下了起淅淅沥沥的冬雨，路上的行人，都缩着脖子，在寒风苦雨中，艰难前行。他不自觉地也缩了缩脖子，办公室里的暖气吹得人暖洋洋的。到底要不要去拜访那位客户呢？他犹豫了。他想：我还是先到楼道里转转吧，如果我遇到的第一个人，是个男同事的话，我就冒雨去拜访客户，而如果是女同事的话，那我就找个办公室，和同事们聊聊天。他走出办公室，来到了走廊上。一个人也没有，看来大多数人都出去跑业务，拜访客户了。这时候，电梯的门，忽然打开了，同时走出来两个同事，一男一女。两个同事半边衣服都是湿漉漉的，一看就是刚从外面回来。两个同事都冲他点点头，他也朝他们笑笑。看着同事走过去的背影，他犹疑了：这一男一女，我到底是先看到他们哪个的呢？好像是男的，也好像是女的。对，就是女的，她穿着鲜艳的红衣服，从视觉角度来看，第一眼一定是被鲜艳的东西吸引。想到这，他心安理得地跑回办公室，端起茶杯，他要去找他们俩聊聊，看看他们今天有什么收获，顺便和那个女同事打探一下，最近又有什么白卦新闻。

晚上，和几个朋友应酬，直到九点多钟，才回到家。他走进书房，打开电脑。今晚酒喝得不多，头脑还算清醒，他想写一篇早就打算写的文章。已经很久没有写文章了，作家梦离他越来越遥远了，这让他很挫败。没料到，因为久未动笔，竟然一时无从下笔了。犹豫了一下，他还是打开了游戏里面的蜘蛛纸牌：还是先玩几局游戏再说吧。这是一个非常简单的游戏，几乎不用动什么脑子。他不明白，这样一个毫无挑战，也毫无趣味的游戏，自己怎么会一玩，就玩了这么多年。也许正因为简单，才让他如此沉湎吧？他玩了一局，又玩了一局，时间一分一秒地流逝。眼看就到半夜时分了，要写的文章，还一个字没动。他打开了一局，他想：如果这局能够顺利过关的话，这就是最后一局了，我就不玩了，开始写文章。所有的牌都发完了，却没过关。他又打开了一局，又想：如果这一局能过关的话，我也不玩了。又没过关。他气愤地掼了掼鼠标：什么时候玩过关了，什么时候我就不玩了。一局，又一局。终于，过关了。

他长吁了口气，一看时间，已经凌晨了。算了，文章还是明天晚上再写吧。

躺在床上，想想自己都活了大半辈子，至今依然一事无成，年轻时的梦想，一件也未能实现，他忽然无限伤感起来。他知道，这一切都是因为自己不努力造成的。他陷入深深的自责之中。这个状况，必须改变了！他咬着牙，坚定地想：如果今天晚上，我能够做一个美梦的话，那么，明天早晨我一定一早就爬起来，脚踏实地，从零开始，掀开人生新的一页。想到这，他翻了个身，美美地沉入梦乡。

后悔药

为了让人生少一点遗憾，上帝决定给每个人发一粒后悔药。只要将后悔药吃下去，就可以反悔一次，重新来过。但每个人只有一粒，也就是说，一生你只能反悔一次。

一位少年，高考落榜了。看到同学都考上了理想的学校，他痛悔不已，觉得自己不该虚度这么多年的美好光阴，沉湎游戏和玩乐，而荒废了学业。他觉得高考是一生最重要的起点，如果在起跑线上就输了，这一生必将一事无成，抱憾终生。他毫不犹豫吃下了后悔药，于是，他重新回到了教室，成了一名中学生。此后的几年，他勤学苦读，终于考取了理想的学校。

一位青年，发现自己的妻子，自从有了孩子后，只知道围着厨房和孩子转，变得邋遢了，不修边幅了，而且越来越骄横，生活中只有柴米油盐，没有情趣，没有激情，没有浪漫。他痛悔不已，觉得自己真是瞎了眼，那么多漂亮可爱浪漫的女孩子，自己怎么会选择和她结婚？他觉得婚姻是人生最重要的部分，而自己的婚姻实在是太糟糕了，婚后的生活简直跟地狱一样。他痛悔自己当初和初恋情人分手。她的温柔、贤惠、勤劳，才是他需要的，不能失去她。于是，他毫不犹豫吃下了后悔药，他又回到了初恋时光，他倍加珍惜这段感情，对初恋情人呵护有加，最后，他们走进了婚姻的殿堂。

一位中年，对自己的工作越来越不满意，在他看来，现在这份工作，自己既没有兴趣，也毫无成就，而他的同学，有的升官了，有的发财了，有的成专家学者了，只有自己，选错了行，入错了门，以致人到中年还一事无成，而自己当初也是有很多机会的。太失败了，于是，他毫不犹豫吃下了后悔药，他又成了一个初出茅庐的青年，他振作精神，开始了自己的职业生涯，若干年后，他成功了，事业有成。

一位老年，迟暮之年，突然发觉人生苦短，自己这一生，大起大落，经历了太多的坎坎坷坷，为了身份、地位、事业，呕心沥血，披荆斩棘，小心翼翼，筋疲力尽，惟独和亲人在一起的时间太少，留给自己的时间太少，他觉得这是一生最大的遗憾，如果就这样了却一生，会死不瞑目的。于是，他毫不犹豫吃下了后悔药，上帝让他回到了壮年，和他的亲人共享天伦之乐。

你一定以为，有了后悔药，我们的人生就没有遗憾了。可是，错了。那位少年，也许很快会遇到感情的苦恼；那位青年，也许很快会遇到工作的周折；那位中年，也许很快会遇到亲情的困扰；而那位老年，也许很快又会觉得这样的人生太平庸乏味。可是，后悔药已经吃了，再也无法反悔了，于是，他们后悔不该这么早就吃下后悔药；于是，他们责怪上帝太吝啬，为什么只发一粒后悔药？于是，为了争夺有限的后悔药，人类开始互相欺诈、抢夺、劫掠，甚至为此爆发战争。

这回该上帝后悔了。上帝发现，如果给人类后悔药，人类的遗憾不但不会减少，反而更多。人类短暂的一生中，后悔不迭、痛悔不已的事情实在太多了，反悔只会使人生更加纷乱无序，徒生更多的遗憾。

呵护你所拥有的，珍惜你所经历的，把握你将面临的未来，我们的人生，就不需要后悔药。

穿越

一群对穿越剧情有独钟的人，聚集在一起，畅谈穿越的体会。

圆头圆脑的牛奶商率先发言：“一天，我将一群奶牛赶到一处光秃秃的山坡放牧时，突然狂风大作，飞沙走石，乾坤挪移，半步之内，什么也看不见。一会儿之后，又骤然万籁俱静，我睁开眼睛一看，眼前光秃秃的山坡，忽然变成了一大片绿油油的草地，只见我的奶牛们，正悠哉悠哉地啃食着鲜嫩的绿草呢。在牛群的后面，我看见一个披着蓑衣的老农，在放牧他的羊群。我走上前去，向他打探这是何方宝地？老农告诉我，这是大清朝的皇家牧场，那些羊都是慈禧太后的宠物羊。我惊呆了，敢情刚才的一阵狂风，将我和我的奶牛群，穿越到了一百多年前呢。难怪有这么鲜嫩且没有任何污染的草地啊。因为这次穿越，从此我的奶牛挤出来的，都是纯天然、纯绿色，绝不含三聚氢氨的牛奶。这也就是为什么我的牛奶特别昂贵的原因啊。”

众人点头附和，如今想喝到干净的牛奶，比吃天鹅肉还难，你这个穿越牛奶，确实就该这个天价。戴着厚厚眼镜的古董商接着讲述了自己神奇的穿越故事：“那天，我在书房里拿着放大镜，正研究一枚古代的玉石，突然，玉石中央，漾起一圈又一圈的涟漪，呈漩涡状扩散开来，我正诧异是怎么回事呢，猛然感觉自己的身体漂浮起来，被卷进了旋涡之中。等我再睁开眼睛的时候，我竟然出现在一个寂静的山岗上，我的面前，裸露着一个很大的坟墓。我犹疑地走了进去，拐了九九八十一个弯，一个巨大的宝盒呈现在我的眼前，我探头一看，我的神啊，全都是我从没见过的古董宝贝。我拿起一枚玉镯一看，上面密密麻麻写的全是甲骨文。我拿起这一个，又拣起另一个，可恨我只有两只手，要不然我一定将所有的古董都抱回来。后来，我就开了

这家古董店，我卖的可都是正宗的古董，有人竟然诬蔑我卖的都是假古董，天地良心，那都是我穿越到远古才带回来的宝物啊。”

大家摇头叹息，没穿越过的人，个个鼠目寸光，不但不识货，甚至诬蔑我们以假货坑蒙拐骗，牟取暴利，不屑和他们一般见识。大家正慷慨激昂地议论着，半老徐娘的美容师站了起来，我也来说说我的穿越故事吧：“那天，自来水停水了，我就来到一条臭水沟边洗衣服，突然脚下一滑，跌进了水沟里。大家都知道，我不会游泳啊，我以为，这次我死定了。呛了几口臭水后，恍恍惚惚之中，一只纤手伸了过来，一把将我拉上了岸。打死你们也猜不到是谁救了我，原来是在溪边浣纱的西施！她可真是一个大美人啊，那皮肤，嫩得跟豆腐似的。谢过她的救命之恩，我好奇地问西施，你是怎么保养的？西施莞尔一笑，示意我附耳过去，将她的养颜秘诀，一五一十全告诉了我。我正要再谢她，眼睛一眨，西施不见了，刚才还清澈见底的小溪，又变成了我家门口的臭水沟。得到西施的养颜真传，我就开了这家美容店，专门伺候那些有钱的阔太太。有人投诉我，说我无照经营，把人家好好的一张脸，整得跟马蜂窝似的。证不就是一张纸吗，我可是得到西施的真诀的啊，再说，她也不想想，自己那张老脸，能整不出个西施来吗？”

一直没说话的中年男人干咳了一声，说道：“我是在官场上混的，大小算是个官员吧，我也穿越了一回。不过，与你们都不同的是，我不是穿越到古代，而是穿越到了未来。还能穿越到将来吗？”大家都好奇地看着他，官员说，“没错。那天在办公室，我在一大堆发票上签好字后，拿出公章发呆，说实话，公章就是权力的象征，是我的命根子呢。突然，公章像一张鲜红的大嘴一样，一口将我吞了下去。我迷迷糊糊地来到了一间富丽堂皇的办公室，办公室墙上的挂历显示是 2042 年 2 月 30 日。我正纳闷这是谁的办公室呢，一个富态的中年男人走了出来，跟我长得还挺像。中年男人对我说：‘我是你儿子，我现在是某市的市长。’三十年后，我的儿子竟能当上市长，这太让人开心了。儿子说：‘我小时候成绩太差，上大学无望，工作也找不到。’我惊问：‘你既然连工作都找不着，又是如何爬上市长宝座的？’儿子笑着说：‘这就是我让你穿越来的原因，你回去之后，务必立即想办法弄个公务员名额，将我招进机关，为我铺平道路。’儿子话刚说完，只听‘匡当’一声，我又回到了我自己的办公室，手里鲜红的公章正笑吟吟地看着我。我缓过神来，立即伪造了一批文件，加盖上公章，就这样，将我正在读小学二年级的儿子，招进了机关，成了一名吃皇粮的在编公务员。”

大家对官员竖起了大拇指，还是你这次穿越，最值得啊。正说笑着，突然，一群穿制服的人，出现在他们面前，对众人说：“请你们都跟我们走一趟吧。”大家惊愕不已，有人绝望地惊呼：“你们是怎么穿越来的?”制服男指指身后：“我们是从大门堂堂正正地进来的。请吧!”

神秘一票

一次，单位组织差额选举，五名候选人分别是牛局长、杨副局长、朱处长、王主任和马同志，五选四。这次选举很重要，所以，上头亲自督阵。

投票后，当场进行唱票。

结果如选举前大家预料的一样，选票基本上都给了牛局长、杨副局长、朱处长、王主任，马同志偶尔会出现一次。马同志得票时，就意味着杨副局长、朱处长、王主任中的某人会少一票。每张选票都投了牛局长，牛局长是单位的一把手。坐在主席台上的牛局长和上头的人谈笑风生，红光满面。

大家昏昏欲睡，等待着一个毫无悬念的选举结果。只有唱票人声音洪亮地一次次报着相同的名字。

忽然，唱票人停了下来，一只手捏着一张选票，一只手狠狠地揉着眼睛，一脸茫然。所有人都将目光投了过去，不知道发生了什么事。牛局长和上头的人也停止了交谈，奇怪地看着唱票人。过了几秒钟，也许过了几个世纪，唱票人才嗫嗫地继续唱票：杨副局长、朱处长、王主任、马同志。

原来这一票没有投牛局长，会议室一下子骚动起来。

牛局长的脸一阵白，一阵红。

投票结果出来了，120 张选票，牛局长 119 票，杨副局长 116 票，朱处长 108 票，王主任 117 票，马同志 20 票。众望所归，牛局长、杨副局长、朱处长、王主任顺利当选。杨副局长、朱处长、王主任都长吁了一口气，牛局长的脸色却还是很难看。

上头的人代表上头讲话。在讲了一大通选举的意义和对当选的人表示热烈祝贺后，上头的人特别强调了一点：“为什么牛局长是 119 票，而不是全票 120 票当选？谁没有投牛局长一票，我想大家和我一样，都很清楚。这说明，以牛局长为首的领导班子，是谦逊的，团结的，有战斗力的。这样有能力又

极谦虚谨慎的精神，值得我们每一个人学习啊!”上头的人和牛局长热烈握手。

大家恍然大悟：原来是牛局长自己没有投自己一票啊。会议室响起了经久不息的热烈掌声。牛局长儒雅地向大家挥手致意，脸上迅速恢复了往日的踌躇满志和威严。

选举结束了。

三天后，办公室余主任突然被撤职了。余主任可是牛局长的左膀右臂啊。对余主任的突然离职，坊间流传着很多说法。流传最广的一种说法是：就是余主任那一票没有投牛局长。本来一票风波已经结束，牛局长因一票之差，反而获得了谦逊的名声。不知道余主任哪根筋出了问题，主动向牛局长坦诚是自己没投他一票。

这个余主任啊，他是想向牛局长邀功呢。

假如人生可以抽走一部分

据说神经专家约翰医生发明了一种新的大脑仪器，可以将人脑中的信息进行删除，让某部分的记忆丧失。也就是说，你可以任意抽走人生中的某一部分。

马克兴冲冲来到了约翰医生的诊所，希望约翰能帮他删除掉一部分人生。

接好各种导管后，马克大脑中的全部记忆都清晰地显现在了约翰的电脑上。约翰问他："想删除哪部分？"马克想都没想说："先将我最讨厌的几个家伙的信息，全部删除掉。"约翰看了看，马克最讨厌的人有三个，一个是少年时的伙伴，他们从小在一起长大，他后来抢走了马克的第一个女朋友；一个是青年时的同事，他曾经和马克在同一个办公室相处了四年，一次这个朋友挖走了马克最大的一个客户，两人从此反目成仇；还有令马克最讨厌的一个人，是他现在的邻居，这家伙老是在马克老婆面前说三道四，让马克浑身不自在，深恶痛绝。

约翰点中马克大脑中这三个人的信息，鼠标停在了删除键上，对马克说："如果将这三个人的信息都删除的话，他们所带给你的烦恼和不快，就彻底消除了。"马克说："那赶紧删掉吧，我再也不想被他们折磨了。"约翰提醒马克："不过，如果删除掉这三人的信息，你的大脑中所有和他们相关的记忆，也将同时被抹去。你确定删除吗？"马克毫不犹豫地说："只要一想起这几个人，我就寝食难安，请你赶紧将他们删除，让我清净清净。"约翰医生摁下了删除键。

躺在病床上的马克，瞬时感到一阵轻松，他使劲回忆，也想不起这个世界上有什么让他讨厌仇恨的人了。脑海中翻滚的，都是一张张善意的笑脸，真是太好了。马克问约翰："还可以继续删除吗？"约翰点点头。马克说："那请你找到曾经让我心灰意冷，伤透了我的心的三个女人，将她们的信息也都删除掉。"

约翰搜索了一下，与马克有过感情纠葛的，果然有三个女人。一个是马克的初恋情人，他们是中学时的同学，马克暗恋了她整整三年。在中学毕业那年，女同学终于答应了马克的求爱，两个人又在一起柔情蜜意了三年。直到有一天，女同学给马克留下一张纸条，投进了别人的怀抱。这次打击，让马克好多年都没有缓过劲来。第二个女人是马克出差时认识的，两个人在火车上一见钟情，坠入爱河，那真是浪漫而富有激情的日子啊。可是，半年之后，那个女人也弃他而去，据说是坠入了另一场一见钟情之中。马克无法接受这个事实，差一点寻了短见，幸亏遇见了现在的太太。正处在失恋之中的马克，无比脆弱，无比寂寞，她填补了马克空虚的世界，对马克无微不至，感动了马克，两个人很快步入了婚姻的殿堂。可是，结婚之后，马克却发现，自己的太太一点情趣也没有，简直就是一个爱唠叨的黄脸婆，这让马克非常失望。结婚七年来，他对太太越来越反感，觉得这是自己人生中最失败的一次选择。

马克焦急地问约翰："删除掉了吗?"约翰笑着说："已经全部选中了，还是得提醒你一句，如果都删除的话，那么相关的所有记忆，痛苦的，不堪回首的，生不如死的，当然也包括那些曾经甜蜜的、幸福的、温暖的回忆，都将消失得干干净净，你确定这样做吗?"马克斩钉截铁地说："当然，只要能摆脱掉这些感情折磨，做什么我都愿意。"约翰点了一下删除键。

马克再一次感到大脑一阵放松。他想啊想啊，怎么也想不起自己有过什么感情的挫败和伤害。他觉得自己就像一张干净的白纸，纯净无瑕，既没有爱过别人，也没有被人爱过。当然，也没有受到过任何感情的折磨和摧残。

在马克的要求下，约翰又将马克脑海中，所有失败的记忆，所有不快的经历，所有悲伤的时刻，以及所有让马克烦心的琐事，所有令马克头痛的工作，所有使马克不安的处境，以及所有相关联的人和事，全部删除得一干二净。约翰笑眯眯地问马克："现在有什么感觉?"马克盯着约翰，恍恍惚惚地问："医生，为什么我突然感觉大脑一片空白，那些让我牵挂的人呢?那些让我开心的事呢?那些我经历过的有意思的时刻呢?怎么也都不见了?是不是你删除错了?"

约翰平静地看着马克："我都是按你的要求进行的。"马克激动地问："那它们为什么也都消失得无影无踪了?"约翰指指电脑屏幕说："很简单，那些快乐的、幸福的、温馨的人和事，是和那些郁闷的、难过的、伤痛的人

和事，紧密地联系在一起的，不可分割。”当你删除了所有负面的记忆后，那些与之相关的正面记忆，自然也不复存在。

马克“腾”地坐了起来“这么说，我以前几十年的人生不都是白过了？这可不行！”马克绝望地看着约翰：“我的那些记忆还能恢复吗？”约翰微笑地点点头。

马克无比轻松地走出了约翰的心理诊所。看着马克的背影，约翰微笑着对助手说：“其实我们什么也没做，只是让马克学会面对自己真实的人生罢了。”

捧　杀

财大气粗的赵员外和黄老财，分别捐出巨资，耗费了数年时间，在村庄的东西两头，建起了一座佛塔。两个人建的佛塔都是砖木结构，中空九层，飞檐翘壁，壮观巍峨。自从两座佛塔建成后，前村后邻的香客就再也不用长途跋涉，到外地烧香拜佛了。两座塔的香火，都很旺。

赵员外和黄老财却为了这两座佛塔，暗自较上了劲。两个人都希望自己建的佛塔，能够香火更旺一些。赵员外花重资请了个僧人，在佛塔下连做了九九八十一场法事，吸引了无数香客的顶礼膜拜。黄老财眼瞅着香客都拜倒在了赵员外的佛塔下，气得眼睛都绿了，不甘示弱的黄老财抓耳挠腮，想出了一计：命家丁在自家的佛塔下支起了一口大锅，每天熬煮一大锅热乎乎的八宝粥，凡来自己的佛塔下进香的香客，都免费供应，一时香客云集。

一招不成，两人又心生新计。赵员外雇人四处散布小道消息，说村西头黄家的佛塔风水不好，座东朝西，犯了大忌，暗藏杀机，去进香不但不能保全家平安，甚或招致飞来横祸。黄老财闻听风声，知道是赵员外暗中使坏，便令家丁挨家挨户漏夜走访，声称半夜三更，看见村东头赵家的佛塔下，有披头散发的鬼魅白影出没，恐是冤魂游荡。一时间，两座佛塔都笼罩在恐怖的阴影之中，香火都渐渐稀少了。

赵员外和黄老财偶尔在村中相遇，互相怒目而视，宛若血海深仇。为了争夺香火的暗战，愈演愈烈，一直没有停止过。

就在两个人为佛塔的香火争得不可开交之间，眼看两败俱伤，香火即将彻底断续的时候，赵员外这厢忽然没了动静，每天只是拄着拐杖，和新请的门客一起交流琴棋书画，全然没有了当初于黄老财一决雌雄的豪气。不但如此，有人甚至亲耳听到赵员外夸奖黄老财虽富而不忘乡亲，对他家的佛塔也是赞誉有加。

黄老财不知道赵员外葫芦里卖的是什么药，但有一点还是让黄老财颇为开心的，那就是他家的佛塔这段时间香火慢慢恢复了，而且有越来越旺的态势，比两个人暗战之前，还要旺盛得多。很多曾经到赵家佛塔进香的香客，也转而来到黄家的佛塔烧香祈愿。与之形成鲜明对比的是，赵家的佛塔日渐冷清，只是偶尔冒出一两柱青烟。奇怪的是，赵员外对此似乎一点也不急不恼，照样每天和他的新门客你来我往地唱和。

随着香火的旺盛，关于黄家佛塔，村头巷尾还慢慢刮起了一阵神秘的议论，据说黄家的佛塔很灵验，只要诚心诚意到黄家佛塔烧香，不但有求必应，还能驱病消灾。有事实为证：前些日，吴老头病恹恹的小孙儿经年四处求医问药，眼看不治，就是吴老头到黄家的佛塔下烧了几柱香，神了，小家伙病魔全消，如今已经在村头巷尾活蹦乱跳了。这事一传十，十传百，很快尽人皆知。去黄家佛塔烧香祈愿的人，更是摩肩接踵。黄老财家的佛塔，在香烟的缭绕下，显得无比威严而神圣。

闻听此言，赵员外与新门客喝茶的时候，流露出了一丝担忧和不悦：“你怎么做我可以不管，但你这个神医，总不能将你的功劳也记在黄老财的佛塔名下啊，照这样下去，黄老财的佛塔，还不真成了神塔了?”新门客淡淡一笑：“吴老头家那孩子，其实就是得了一种罕见的痢疾，我暗中给他下了一帖药，这也算是救人一命，至于将这个功也记在黄老财家的佛塔下，自有我的妙计，员外不用担忧。”

日子慢慢地流逝，黄老财家的佛塔，香火不但越来越旺，关于这座佛塔的传说，也是越来越多，越来越神。四乡八邻的人，都纷纷赶来，烧香，求愿，消灾，祈福，这座佛塔，被罩上了一层神秘的光环，连黄老财自己都坚信，这是祖上积德，佛塔得道显灵了。因此，黄老财自己也是每天一大早，必去烧香膜拜。

一天，吴老头进山打柴，路遇一个神秘的高僧，高僧慢悠悠地对他说：“贵村有紫气祥瑞啊。”吴老头惊问详细。高僧捻着长须说：“贵村西头是否有一座佛塔?”吴老头虔诚地点点头。高僧颔首叹曰：“此乃神塔，得佛塔一块砖，即可保全家一世安康也。”言毕，飘然而逝。吴老头回村之后，乘着月黑风高，蹑手蹑脚溜到黄老财家的佛塔下，扳下一块砖，回家藏了起来。又连夜将高僧的话，悄悄告诉了自己年轻时的相好一胡妈。胡妈闻讯赶紧也去黄老财的佛塔，挖了一块砖回家，并将这个绝密的消息偷偷告诉了自己的堂哥……

是夜，一个个黑影，在夜色的遮掩下，从四面八方，聚集到黄老财家的佛塔下。每个黑影，怀里都揣着一块砖，转身消失在夜色中。

第二天一早，黄老财照例来到自家的佛塔烧香膜拜，惊讶地发现，佛塔竟然不见了，只留下一堆轰然倒塌的废墟。不时还有人赶来，埋头在废墟里寻找砖头。黄老财当场晕厥了过去。待黄老财醒来，守护在身边的家丁左右手各拿着一块砖，对黄老财说："听说这砖可以庇佑全家安康，我给老爷也找到了一块。"黄老财接过砖，抱在怀里，眼前又是一黑。

门卫黄老头

黄四跟着老板包了个工程，赚了一大笔钱后，自己也做起了老板，开了一家小厂，专门做外贸加工。厂不大，三四十号人，但效益很可观。发达起来的黄四，几次想将老家的老父亲接到城里来，享几天清福。娘在黄四很小的时候就过世了，老爷子将黄四拉扯大不容易，现在都快七十了，还孤单一人守着几亩薄田，日出而作，日落而息。老爷子也该享享福了。

可是，老爷子倔强得很，死活不肯跟着黄四进城，理由是他过惯了农村的生活。虽然年纪大了，但还能自食其力，一天不干活，这把老骨头就憋的慌。黄四想了个理由，说厂里缺少个门卫："您老就再帮一把，替我看看厂里的大门。"这才好说歹说，将老爷子哄进了城。没想到老爷子当了真，进城的第二天，就卷起铺盖，离开了儿子家，直奔儿子的加工厂，住进了传达室，当起了门卫。

黄四厂里的工人，多半是从老家招来的，都认识老爷子。看见老爷子住进了传达室，很多人不理解，黄四也不像个不孝顺的儿子啊，怎么放着那么大的房子不让老爷子住，而将老爷子赶进了传达室？几个年龄稍长的工人找到老爷子，替他鸣不平。老爷子笑着说："是我自己愿意的，儿子请我来帮他看大门，跟你们一样，管发工资的。"说到做到，老爷子找到儿子，将昨天儿子塞给他的生活费都还给了他，让会计按月给他开工资，和以前的门卫一样，每月 1500 元。黄四只好随了他。

工人进出厂的时候，都会和老爷子打声招呼，有喊他黄伯的，有喊他黄爷爷的，有喊他老爷子的。老爷子跟他们说："你们还是喊我黄老头吧，像乡下时一样。"谁也不敢这么喊。老爷子只好找到儿子，对他说："你下个命令，让他们还是跟过去一样，喊我黄老头。"儿子说："他们这是尊重你呢。"老爷子说："我听说以前帮你看大门的老赵，大家就是喊他赵老头的。"儿子苦笑着说："赵老头怎能和你比啊？"老爷子脸一板，"我和赵老头有什么不一样，不都是看大门的吗？他们要是不喊我黄老头，我就不干了，回家种地去。"拗不过老爷子，黄四只好让全厂的人都喊他黄老头。老爷子黄老头露出了笑容，这才听着顺耳。

传达室的后面，有一块空地，春天来的时候，黄老头不知道从哪弄来了一把铁锹，将地翻开，土疙瘩都镂细了，撒下了一大把种子。没过几天，长出了绿油油的青菜秧子。不久，黄老头又让回乡探亲的老刘，带回了几十棵青椒和西红柿苗，栽了下去。空地很快变成了一块生机盎然的菜地。一大早，工人来上班之前，以及黄昏工人都下班之后，黄老头就蹲在那块地里伺弄，这块地，成了黄老头的菜篮子。一个人吃不了，黄老头就将菜摘下来，装在袋子里，分给下班回出租屋自己做饭的工人。有时候，哪个工人回乡，带回来土豆、番薯什么的，送给黄老头，黄老头也会乐呵呵地收下。"乡下的菜吃着香呢，"黄老头总是赞叹地说。

工厂每天上班六天，星期天休息的时候，只有黄老头一个人守着寂静的工厂。儿子黄四一再让黄老头星期天上家里去吃饭，顺便休息休息。黄老头只去过两次，就不肯去了，跟儿子说："传达室现在就是我的家，我一个人过挺好的，你不用担心我。"黄四也只好随了他。当然，黄老头也不全是一个人过，星期天的时候，总有几个年纪大一点的工人，带着熟菜，来到传达室和黄老头喝几盅，一边喝，一边聊聊老家的事。黄老头觉得，听听乡音，也就算没有离开故土了。

一恍，黄老头在儿子黄四的工厂里，做了好几年，黄老头的身板，还是像以前一样硬朗。工厂也一直正常地生产。倒是儿子黄四，来工厂的时间越来越少了，总是很忙的样子。黄老头听说，除了这家工厂，儿子还投资了其他的生意。反正儿子大了，有自己的主张，黄老头也不去管他。

又临近年关了。往年这时候，厂里都会提前将工资发了，效益好的时候，还会给工人发一些年终奖。然后，工人们就陆陆续续放假，高高兴兴回乡过年去了。可是，不知道为什么，今年不但没见着年终奖的影子，连着两个月的工资，都一直拖着没发。工人们都焦急地盼着早一点发工资，好回家过年呢。一连好多天，都没有看到儿子的身影，电话也打不通。工人们议论纷纷。

那天，儿子终于出现了，拖着疲惫的身子，走进了自己的办公室。黄老头跟了进去。黄老头看着儿子。儿子给黄老头泡了一杯茶。黄老头说："我

来讨工资。”儿子没说话，掏出钱包，拿出几张钞票，递给黄老头，说：“最近资金有点周转不过来，这点钱您老先用着吧。”黄老头将钱还给儿子：“儿啊，我不缺钱，我是为你那些工人讨工资，他们都等着领了工资回家过年呢。”

黄四面露难色：“爹，我也真的不愿拖他们工资，只是最近有几笔国外的货款，都还没讨回来，我也是没办法啊。”黄老头从胸口的内袋里，摸出一本存折，递给儿子：“这是我这几年你发的工资，还有以前你给我的生活费，我都没怎么用，攒在这儿呢，你拿去，先把工人的工资给发了。”

“这、这怎么行呢，爹，我、我会想其他办法的。”儿子黄四急得结结巴巴。黄老头丢下存折：“密码就是你生日。我去传达室了，门口没人呢。”

用脚包的饺子

接到大学录取通知书的那一刻，弟弟抱着她的双脚失声痛哭。10年了，正是靠着姐姐这双脚，姐弟俩相依为命，终于熬到了这一天。更让她们开心的是，一直默默资助她和弟弟的恩人，答应上门来看望她们。

这天，是约好见面的日子。一大早，她就起床了，她要用自己的双脚包一顿饺子，招待恩人。她熟练地用双脚和面、搓揉，然后切成一个个小块，擀面皮，一张张匀称的面皮像一朵朵花一样，在案板上开放。

15岁那年，在放学途中，她遭遇了一场车祸，命保住了，双手却永远地失去了。她不得不辍学回到了小村。偏偏祸不单行。一年后，父亲打工的小煤窑发生瓦斯爆炸，40才出头的父亲被埋在了几百米深的井下，再也没能走出来。母亲经受不住连续的打击，疯了，丢下她和不到10岁的弟弟。

原本温馨的家庭，一下子破碎了。看着支离破碎的家，看着自己空荡荡的双臂，她想到了死。就在这时，她收到了一封陌生人的来信，鼓励她用双脚支撑起自己和弟弟的生活，随信还汇来了1000元钱，并表示愿意力所能及地长期支持她。陌生人的信给了她很大鼓舞，她决心用自己没有双手的肩膀，挑起这付重担，将弟弟拉扯大。

她开始拼命练习自己的双脚。为了锻炼脚趾的功能，她一次次将整把的筷子撒在地上，然后尝试着用脚趾一根根抓起来。脚丫很快磨出了一个个血泡，钻心的疼痛，血泡破了，又长成了一颗颗老茧。慢慢地，她学会了用脚趾夹筷子，她能够自己吃饭了。笑容又回到了她的脸上。她又学会了用脚趾拿梳子梳头，学会了用脚趾穿衣服，学会了用脚趾淘米切菜……她的脚趾越来越灵活了。为了能自己给他回信，她还学会了用脚趾写字。从此，每学会一个新技能，她都迫不及待地写信告诉他。她用双脚，支撑起了自己和弟弟的日常生活。

11点多钟，他如约而至。见到他的那一刻，她竟然没有一丝陌生感。他的脸黝黑，粗糙，和她想象的一样。看起来三十几岁，这可比她想象的要年轻多了。

他要帮忙，被她谢绝了。她说："你已经默默帮了我们家这么多年，如果没有你的帮助和鼓励，我和弟弟恐怕很难支撑到今天。今天就让我为你包一顿饺子吧，你看看，我的脚已经能像手一样灵巧了。"

饺子煮好了，香味弥漫了小屋。她用左脚夹住碗，右脚夹住汤勺，为他盛了满满一大碗，又用双脚恭恭敬敬捧到他面前。他狼吞虎咽，吃得津津有味，这让她很开心。除了弟弟，这些年几乎没有人吃过她用双脚做出来的饭菜。

他走了，留下一封信，"这些年，我一直处在深深的愧疚和自责中，是我夺去了你的双手，是我毁了你的前途和命运。其实，应该感激的是我啊，是你的坚强，使我在赎罪的同时，感受到了生活的希望。你用脚包的饺子真好吃，我可以经常吃到你包的饺子吗?"

泪水从她的眼睛里夺眶而出。她没有想到，一直默默支持和帮助她的人，竟然是当年的肇事者。她让弟弟拿来纸和笔，她要告诉他，她……愿意。

醉 话

老唐不善饮酒，每酒必醉，醉必醉话连篇。

老唐这一生，成也醉话，败也醉话。

若干年前，老唐就是局里最年轻的副处长了，有能力、年轻、能言善辩，是被上上下下皆看好的后备干部。局里要提拔一名处长，老唐呼声最高，是最有力的竞争者。孰料，最后关头，老唐却意外落选。这次失败，老唐倍受打击。

自此，老唐像变了一个人，以前从不饮酒的老唐，也喜欢买醉了。酒桌上，频频举杯，不一会儿，就现出醉态。“奶、奶的，我、我也来讲、讲几句哇……”这是老唐的开场白。经常和老唐一起喝酒的人明白，这表明老唐的酒已经喝高了，要开始讲醉话了。

俗话说，酒后吐真言，自感郁郁不得志的老唐，醉话大多是牢骚、怨气、愤懑、揭露、抨击的话，借着酒气，毫无顾忌，喷薄而出。骂到兴处，老唐更是指名道姓，直指当权者。老唐的豪气，引来酒桌上阵阵掌声，在单位里，大家平时连屁都不敢放，谁敢像老唐那样讲真话，真骂娘啊？老唐成了大家心目中的英雄，人送外号唐牛。

然而，不久，老唐的副处长被免了。坊间传闻说，有一次老唐正在酒桌上酣畅淋漓地大骂某领导呢，某领导突然不知道从哪里冒了出来，站在老唐的身后，有人赶紧打断老唐的话：“老唐，你喝多了，不要再瞎讲醉话了。”老唐却直着舌头：“我、我没醉，老子讲、讲的都是真、真心话。”

老唐被调到了办公室，做了普通文员。

老唐沉寂了很长时间，直到局里调来了新领导。

某日，老唐又出现在了酒桌上。在座的，还有新领导。

大家都小心翼翼地喝酒，吃菜，对新领导，大家都还不甚了解，谁也不敢乱说话。

酒过三巡，老唐忽然一撸袖子，站了起来：“奶、奶的，我、我也来讲、讲几句哇……”大家都明白，这表明老唐的酒已经喝高了，要开始讲醉话了。有人偷偷拉老唐的衣摆，示意他快坐下。办公室主任赶紧堆着笑脸对新领导解释：“老唐酒喝多了，讲醉话呢。他这个人啊，一喝酒就醉，一醉就乱讲酒话，以前就栽在醉话上，您可别和他一般见识。”新领导的脸拉得很长，对老唐的事，他也有所耳闻，没想到，自己刚上任不久，他就敢这么放肆。他倒想见识见识，这个唐牛敢当着他的面，说什么醉话。

老唐舌头发直：“奶、奶的，我、我说说新来的局、局长……”

“老唐真醉了！”

新领导示意大家别阻止老唐说话。

所有人的脸都绿了。老唐啊老唐，看来你这一生都要完了。

“你、你们不知道吧？我、我告诉你们一个秘、秘密，”老唐一脸神秘，目光迷离地看看大家，眼光从新局长身上掠过，结结巴巴地顾自说道，“咱们这个新局、局长，人家那才叫、叫敬业啊，我、我天天看到他加、加、加班，到深夜呢……”

大家都长吁了一口气。

新领导的脸色也慢慢红润、平和下来，他亲切地对老唐说：“老唐，你这是醉话呢。”

老唐不高兴了，醉眼迷离地喊道：“你、你是谁啊？我、我可没醉，老子讲、讲的都是真、真心话。”

不久，老唐被提拔为办公室副主任。

老唐又经常出现在酒桌上，和以前一样，老唐的酒量还是不高，而且，还是每酒必醉，醉必醉话连篇。

“奶、奶的，我、我说说新来的局、局长……”这是老唐新的开场白。他说这话的时候，大家就都明白，这表明老唐的酒已经喝高了，要开始讲醉话了。

“奶、奶的，我、我得讲新局、局长几句啊，他是个抠门，经常中、中午吃方、方、方便面。”

“奶、奶的，我、我得讲新局、局长几句啊，他家住、住的房子只有五、五、五十几平方。”酒桌上，老唐不断地说着醉话。和以往一样，慷慨激昂，酣畅淋漓。

每次老唐讲醉话时，新局长都会大度地笑笑，“这个老唐啊，又讲醉话了。”

老唐在醉话中，一直升到副局长的位子。

新局长已经成老局长了。

那天，老唐得到可靠消息，老局长要退了，退二线，自己是局长人选。得意洋洋的老唐，在常去的饭店摆场子，提前祝贺自己即将升任局长。

几杯酒下肚，老唐开口说话了：“奶、奶的，今天老、老子讲几句真、真话啊……”大家都明白，唐副局长又喝高了，要讲醉话了。

“你们没、没看出来吧，老子这、这些年尽、尽在酒桌上装、装醉酒，装、装孙子了，讲、讲的都是假、假话，屁、屁话，废、废话，还不是为了哄、哄那个老、老东西开心？他算什么、什么东西？就、就是一个大贪、贪官，老色、色狼，老子再、再也不用看、看他脸色了……”

忽然，办公室主任拼命对老唐使眼色，老唐不耐烦了：“你眨什么眼、眼啊？就算老东西就在、在这儿，老子也、也不怕他。”

扭头，老唐迷迷糊糊看见老局长正站在身后，老唐揉揉眼，果然是老局长，老唐突然哈哈大笑起来：“我、我可没醉，老子讲、讲的都是真、真心话，怎、怎么啦？”

老局长意味深长地拍了拍他的肩膀。

第二天，老唐得到正式消息，老局长被提拔为副市长了，继续兼任局长。

老唐一身冷汗，四处打听：“昨天我到底有没有喝醉？到底有没有讲醉话？都讲了哪些醉话？”老唐气急败坏地骂，奶、奶的，“怎么没人跟我讲真话啊？”

钓 鱼

黄局长喜爱钓鱼。

黄局长还是黄科长的时候，胡老板请他钓鱼，都是去人家养殖场的鱼塘钓。胡老板事前就和鱼塘老板打好了招呼，提前一天就不给鱼喂食，这样，等到黄科长来钓鱼，鱼钩刚抛下去，饥饿难耐的鱼就上钩了。所以，每次黄科长都是满载而归。胡老板直夸黄局长的钓技高，运气好，黄科长谦虚地摇着头。黄科长高兴了，胡老板的事，自然好说。

黄科长后来高升了，成了黄处长，黄处长仍然喜爱钓鱼。不过，对于在人家养殖的鱼塘里钓鱼，黄处长没了兴趣，认为那是小儿科，不足以显示出自己高超的钓技。黄处长对胡老板说，我要去野外的池塘里去钓鱼，那样不但钓到的都是真正的野生鱼，而且，能切实提高钓技。黄处长的兴趣，胡老板自然百分百地安排好。可是，胡老板清楚的很，凭黄处长那钓技，到野生池塘里，怕是连个鱼孙子也钓不到啊。胡老板苦思冥想，终于想出了一个好办法。那天，他开着车，拉上黄处长，来到了荒郊野外的一个小池塘。黄处长看着眼前巴掌大的小池塘，一脸疑惑地看着胡老板："这小塘里也能钓到鱼?"胡老板堆着笑脸说："别人钓不到，但您的钓技高，也许就能钓到。"黄处长拿出鱼杆，串上钓饵，将鱼钩抛了出去。不到半分钟，鱼钩就有动静了，黄处长一提杆，乖乖，一条十几斤重的青鱼，晃晃悠悠被提了上来。这可是黄科长荣升黄处长后，钓上来的第一条大鱼，开门红啊！胡老板一边帮忙捉鱼，一边嘴里不停地夸黄处长的钓技，黄处长乐得合不拢嘴。

紧接着，第二天大青鱼又上钩了。第三条，第四条……半天时间，黄处长钓上来一百多条大青鱼，每条都是十几斤重。黄处长带去的鱼桶早就装不下了，胡老板在塘边挖了个临时水坑，用来安置黄处长钓上来的大鱼。面对这么多大鱼，黄处长不知道怎么处置了。胡老板说："这些可都是正宗的野生青鱼啊，这样吧，黄处长您送个人情，全部卖给我，我拿回去给工人们加加餐，他们馋呢。”黄处长思忖了片刻，郑重地点点头：“工人们很辛苦，是要给他们增加些营养。”于是，胡老板以每斤 50 元的价格，将黄处长钓上来的近两千斤青鱼，全部买了下来。

此后，每隔一段时间，胡老板就邀黄处长到郊外的小池塘钓鱼。虽然每次都是不同的小池塘，黄处长却都能钓到成百上千斤的野生大鱼。钓上来的鱼，照例都处理给了胡老板。有一次，他们钓好了鱼，刚走，就有一队人扛着鱼网过来了，黄处长瞥见胡老板和他们对眼色，黄处长微笑地扭开脸，装作没看见。

前不久，黄处长又荣升黄局长了。黄局长的爱好丝毫没有改变，还是钓鱼。黄局长对生意也跟着越做越大的胡老板说：“在小池塘钓鱼没意思，我要去江钓，江里的鱼肯定又多又大。”看着点头哈腰的胡老板，黄局长漫不经心地加了一句：“最近我手里有个大项目。”

虽然对黄局长的心思，胡老板心知肚明，可是，那么一条浩浩荡荡的大江，怎么才能确保黄局长能钓到大鱼，钓得高兴，钓出水平，胡老板却一点底也没有了。眼看着黄局长约定的钓鱼日期就要到了，胡老板急得是一筹莫展。那天，无聊的胡老板正看着电视，电视里有人穿着潜水衣在潜水，胡老板忽然眼睛一亮：“有了！”

胡老板陪黄局长，携带着江钓的鱼具，来到了江边，摆开阵势，钓鱼。黄局长用力将大鱼钩，远远地向江心抛去。一分钟过去了，没动静；五分钟过去了，还是没动静；半个小时过去了，鱼浮仍是岿然不动。黄局长显得有点不耐烦了。胡老板急得抓耳挠腮，一边安抚着黄局长，鱼马上就会上钩的，一边不停地掏出手机，走到一边，压低嗓门，催促着什么。

就在黄局长耐心即将完全失去的时候，漂浮在江面的红色鱼浮，突然往下一沉。激动的黄局长赶紧往上提钩，很沉，是条大鱼。黄局长沉稳地摇动柄杆，收线，江面上返起巨大的浪花。最后，黄局长和胡老板手忙脚乱，才将一条重达百斤的大鱼，拖上了岸。围观的人啧啧称赞，纷纷对黄局长竖起大拇指：“你的钓技不得了啊，还从来没有看见谁从江里钓上这么大的鱼。”黄局长一脸踌躇满志，对围观的人说：“钓鱼也是一门大学问呢，要钓大鱼，成大事，就必须有非凡的耐心、毅力和技巧啊。”人群中响起热烈的掌声。

黄局长又将鱼钩，远远地抛到江心。不一会儿，鱼浮一沉。又一条大鱼上钩了。

围观的人越来越多，黄局长的钓兴大增，大鱼也是一条接一条，被黄局长钓了上来。掌声雷动。

黄局长兴奋地第 N 次将鱼钩，抛了出去。很快，鱼浮又动了动。黄局长猛地提杆。与前面都不同的是，这一次，鱼钩似乎特别沉，拼命挣扎着不肯就犯，溅起很大的浪花。胡老板赶紧过去帮忙。最后，两人齐心协力，总算将大鱼拖到了岸边。当黄局长最后将鱼杆往上提的时候，一个黑乎乎的东西，冒出了水面。竟然不是鱼，而是一个穿着潜水衣的人，鱼钩穿透潜水衣，钩住了他的下巴。

黄局长惊愕地张大嘴巴，差掉晕厥过去。又惊又恼的胡老板一把揪住潜水人，厉声斥问："你这个蠢货，你怎么把自己给钩住了?"潜水人结结巴巴地说："我正在往鱼钩上串鱼呢，谁知道还没钩好，鱼钩突然往上一提，就挂住了我的潜水衣，并钩住了我的下巴。"说着，龇牙咧嘴地将下巴上血糊糊的鱼钩，拔了下来。

原来是这样的，围观的人哄堂大笑。又羞又恼的黄局长，拂袖而去。

愚人节快乐

4 月 1 日。已经一个多小时了，胡三盯着手机，还是下不了决心。他的额头上，渗出了一层细汗。

手机的电，已经不多了，不能再犹豫了。想到这，胡三鼓足勇气，摁下了“发送”按扭。是一条短信，收信人是一个叫“丽”的女孩。短信的内容，只有三个字，“我爱你!”手机上显示短信发送成功，胡三长长地吁了口气，擦了一把额上的汗珠。

丽是胡三中学时的同学，也是他暗恋了多年的女孩漂亮，贤惠，可是，胡三一直不敢向她表白。

时间比陀螺还慢，胡三的心“怦怦”直跳，紧盯着手机屏幕，既希望能够立即收到丽的回复，又因为担心被拒绝，而害怕“嘀嘀”的短信提示音。仿佛过去了一个世纪，在焦躁不安的等待中，胡三的手机发出一声清脆的“嘀嘀”，小丽终于回复了。胡三抖抖嗦嗦地打开短信，“我们还是做好朋友吧。”小丽委婉地拒绝了胡三。

虽然在胡三的预料之中，但小丽的无情拒绝，还是让胡三感到一阵心绞痛。这么多年的苦恋，终于以这样不堪的结局收场。胡三又立即给小丽发送了一条早就准备好的短信:“愚人节快乐!”

这是胡三早就设计好的，一旦遭到拒绝，就立即回复这样一条短信，这样，刚才的求爱，就巧妙地变成了愚人节的一次玩笑。自己既避免了难堪，下次见面彼此也不会尴尬。很快，小丽也回信了，“哈哈，上你当了。愚人节快乐!”

看来小丽还真的把自己刚才的表白，当成是愚人节玩笑了，胡三苦笑笑，这样也好，从此死了这条心。

胡三删除了小丽的短信。表白失败了，但自己的这一招，看来还是挺管用的，胡三对自己的小聪明很满意，这也让他有了信心，果断地发出了第二条短信。

第二条短信，是发给一个朋友的，内容是“我被车撞了，住院了，急需钱，你上次借我的5000元钱，可以还我吗?”半年多前，这个朋友因为买房子，向他借了5000元钱，至今未还，而且一直没提起过，胡三担心朋友是不是忘记了，但没好意思开口问或催要。很快，朋友就回了一条短信，“没大问题吧？告诉我你在哪个医院，我马上筹钱送过来!”

看着朋友的短信，胡三笑了，显然是自己误会朋友了。朋友不但没忘，对自己还挺关心，不愧为好朋友。胡三又将准备好的那条“愚人节快乐!”的短信发了过去。一会儿，朋友回来短信，“吓死我了，下次可别开这种玩笑了。愚人节快乐!”

垃圾王和垃圾小子

小区里爆出了特大新闻，垃圾王老李的儿子考取博士了。

老李是小区里的清洁工，他在我们这个小区，已经做了十几年。在小区的垃圾房边上，搭了一个简易棚子，这就是老李的“家”。老李的儿子，几年前考取大学，就造成了很大的轰动，没想到，几年过去，他儿子不声不响，又考取了博士，这可是我们这个小区考出的第一位博士啊。

老李和儿子的户口都不在这里。当年，因为没有学籍，老李的儿子不得不返乡参加高考。虽然从户籍上来说，老李算不得我们这个小区的居民，但居民们在感情上都已经慢慢接受了这对父子，在大家看来，一个清洁工的儿子考取了博士，那不仅是做父亲的骄傲，也是全体居民的荣耀。老李的儿子，是小区居民教育子女的好样板。

除了小区公共场所的日常保洁外，老李还有一项任务：到各家各户门口，收集垃圾袋。这是一个累活，老李每天要爬上爬下近百趟，他的手中，总是拎着、勾着、挂着各种各样的垃圾袋。垃圾袋集中到垃圾房后，老李会一只只打开，进行简单的分类，将一些废纸、塑料瓶什么的整理出来，隔段时间拿去卖点钱。据说老李有个绝活，能够准确地判断出哪只垃圾袋里会有可用的垃圾。我曾经好奇地问过他，他笑笑说：“不同的人家，垃圾也是不同的，节俭的人家，垃圾袋里基本上都是真正的生活垃圾，有用的东西他们自己会积攒下来卖钱的。而阔绰大方的人家，大半新的东西，都可能当垃圾扔掉的。因此，只要看看是从哪家门口收集的垃圾袋，就能大致判断出垃圾袋里的成色了。”

老李的儿子，是在垃圾堆里长大的。虽然很多同学都住在这个小区，但老李的儿子却没有什么伙伴，只要他一出现，原来玩得正起劲的同学就会一轰而散，不知道是谁还给他起了个绰号，“垃圾小子”。放学后，“垃圾小子”

就会跟老李一起分拣垃圾袋，小手小脸，常常弄得又脏又黑。帮老李整理垃圾之外，“垃圾小子”的大部分时间，都埋在了书本里，他看的很多书，都是老李从垃圾袋里捡出来的。垃圾房边上有一盏路灯，常看见他搬个小板凳，坐在路灯下做作业。那是垃圾房边，让人心酸又欣慰的一道风景。

我和老李是同乡，有时在楼梯口遇见了，点个头，打个招呼。老李嗓门大，乡音特别重，让我这个远在他乡的人听起来十分亲切。

那天，在楼梯口碰到他，我向他祝贺，没想到老李一脸愁容。我还以为又是为了儿子学费的事情，为了儿子读书，老李可谓倾家荡产。老李重重地叹了口气，忽然压低嗓门问我：“你说，这垃圾堆里，真的也有学问?”我乐了：“你不是能从垃圾袋里看出不同的家庭吗？这就是学问啊。”老李连连摇头，不打趣：“我可是真心向你讨教呢。我那个小子，当初大学毕业了，就找个像你们一样体面的工作，多好?！现在读到博士了，竟然是搞什么垃圾研究的。研究什么不好，研究垃圾！这不真的要成了垃圾王嘛!”

最后总算弄清了，老李儿子的专业是城市生态与城市环境，研究方向是城市垃圾的处理和利用。说实话，我也没想到，“垃圾小子”会选择垃圾处理作为自己的研究方向，也许在垃圾房边长大的他，早就埋下了一颗理想的种子。不知道怎样向老李解释，但有一点我确信，并且一定要告诉他：你有一个优秀的儿子。

首要的任务是撇清责任

听说鸡窝里的一只鸡蛋，不知道怎么，碎了。

鸡窝是稻草做的。稻草联合会紧急磋商，派出了最能说会道，经常像面旗帜一样，醒目地戳在众草之上的那根稻草，作为稻草的发言人，向鸡社会公布稻草联合会的最新调查结果："我们用来铺鸡窝的稻草，一向用的是最柔最软最顺最富有弹性的稻草，有形，有色，质量三包，安全可靠，可以说是稻草里的精华。因此，铺鸡窝的稻草是绝对没有问题的，鸡蛋破碎了，与我们铺鸡窝的优质稻草毫无关系。"

鸡窝是架在鸡笼上的。鸡笼公司闻讯，立即派遣篾专家、木专家和钉专家组成的专家调查组，赶赴现场进行调查，并在 5 分钟之内形成了长达 200 页的专家意见，专家们一致认定："虽然我们架过的桥，垮过；修过的路，塌过；盖过的楼，倒过，但从这次事故现场可以看到，我们的鸡笼固如磐石，稳如泰山，别说是上面架了只鸡窝，就是在上面再盖个牛圈，也绝无问题。"专家们得出的结论是：鸡蛋破碎了，与坚固的鸡笼没有任何干系。

每次母鸡下蛋时，总喜欢围着鸡窝一边转悠，一边骄傲地扑着翅膀跳上跳下，引亢高歌的公鸡，听到消息后，匆忙撅着尾巴赶到鸡窝边。煞有介事地绕着鸡窝转了一圈后，公鸡梗着脖子说："作为母鸡的安全保卫，我一向尽职尽责。今天，我赶走了那只可恶的狗，它老是追着鸡屁股乱追；我吓走了那只讨厌的猫，它总是虎视眈眈地觊觎鸡窝里的鸡蛋，想将鸡蛋据为自己的美食；我甚至还啄跑了一只巨大的耗子，它差一点就将鸡窝里的鸡蛋叼走了。事实证明，我恪尽职守，任劳任怨，英勇无畏，可以毫不谦虚地说，我是非常称职的守护神，因此，鸡蛋破碎了，肯定不是因为我的失职。"

"平时鸡下蛋了，都是他掏鸡窝，拿蛋的。"他看一眼破碎的鸡蛋，想了想"像他的同类们所惯用的腔调，慷慨激昂，义正词严地指出，我每次来掏

鸡蛋，都是严格遵守流程的，我们的流程是科学的，概括起来就是三掏三不掏：三掏是，鸡窝里有蛋时掏，鸡窝里有两个蛋时一手一只掏，鸡窝里有多个蛋时一只一只掏；三不掏是鸡窝里有鸡没蛋时不掏，鸡窝里有蛋也有鸡时不掏，掏过的鸡窝不掏。听听，制度多严格，行为多严谨，流程多严密，掏手多规范。由此可以看出，作为专业掏鸡蛋的人，我的思想素质非常高，我的专业水准非常强，因此，鸡蛋破碎了，绝对不是我造成的，甚至与我八杆子打不着。”

一只鸡蛋破碎的消息，就这样不胫而走，并引起鸡社会的广泛关注，在极短的时间内，有关部门，有关专家，有关人员，都以最快的速度，对鸡蛋破碎事件，进行了深入科学严谨公正的调查，强劲的事实有力地证明，有关部门，有关专家和有关人员，质量牢靠，制度得力，措施到位，补位及时，因此，对鸡蛋破碎事件，都没有任何牵连，都不负任何责任。

“个蛋，个蛋——”只有那只刚刚下了蛋，却不幸破碎了的母鸡，悲戚无奈地鸣叫着，像绝望的呼唤，可是，她的叫声早被其他声音淹没了，谁听得见呢，谁又在乎她呢？

不合身的毛衣

他个子不高，一米七都不到。不到一米七的他却穿了一件特大毛衣。袖子长出足足十公分，他将长出的十公分卷起来，塞进外衣的袖口里，在外罩的掩护下，除了袖口显得有点窝窝囊囊外，尚无大碍。衣身也长出足足十公分，比他穿的任何一件外罩都要长。因此，毛衣总是从外罩里挂出来，有点像裙摆，样子就很滑稽。

毛衣是手工打的，厚厚实实，赭黄色，而且已经旧得败色了，看起来土里土气。现在穿这种手工打的毛衣的人，越来越少了。谁还有时间和耐心，一针一线打毛衣？又有谁还肯不适时宜地穿这种粗糙臃肿的毛衣？每年冬天，冷空气一来，他却早早地就穿上这件特大号的毛衣了，他似乎比别人更怕寒冷。

他的朋友，动员他脱了这件过时的大毛衣，去买机织的绒衣穿。机织的绒衣，又细密，又贴身，又好看，价格也不贵。他笑笑，却不为所动。有一个女同学，曾主动提出来，帮他拆了，按他的身材重新打，也被他婉言谢绝了。人们认定他是一个怪人。他确实有点古怪，至少在对待这件毛衣上。每天晚上，他都会将这件毛衣整整齐齐叠起来，做枕头，小脑袋陷进毛衣里，就像一只小袋鼠钻进妈妈毛茸茸的袋袋里。没有人知道他为什么会如此迷恋一件极不合身的旧毛衣。

这是他在大学的最后一个冬天了。就业的压力比寒流来得更早，虽然离毕业还有半年多时间，大四的学生们却早已忙碌地穿梭在各大招聘会上了。他也不例外。这天，他和几个同学同时获得了一家外资企业的面试机会。大家都做了精心的准备，一个个收拾得整整洁洁，精精神神，他也穿了件新西服，里面穿的却还是那件不合身的毛衣，显得愈加不伦不类。同学劝他脱掉里面那件毛衣，这样至少外表给人干净利落点。他却执意不肯。同学们拗不

过他。大家都暗暗替他捏一把汗，就他这身古怪的打扮，基本上已经被 pass 掉了。

在一大堆专业的考核之后，人力主管给每个人都出了同样一道加试题：谈谈自己的父母。

他讲了身上这件毛衣的故事。

这是母亲为他打的。母亲在为他打这件毛衣的时候，他刚上小学一年级。他并不知道，那时候母亲已经病入膏肓，癌细胞正疯狂地吞噬着她年轻的生命。他只记得，在那个寒冷的冬天，母亲一直不停地打着毛衣，长时间的化疗使她的双手浮肿得像馒头，冰凉而僵硬。他摸过那双手，凉得就跟铁秤砣一样，而以前妈妈的手多么柔软多么温暖多么细嫩啊。他哭着求母亲不要再打毛衣了，母亲笑着说，傻孩子，打好这件妈就不打了，这件给你上大学时穿，那时候你的个头就该有一米八了，跟你爸爸一样高一样壮实了。他弄不明白，母亲为什么要为他准备那么多毛衣，甚至连上大学时的毛衣都这么早就准备好了？那是多么遥远的未来啊。直到有一天，妈妈永远地闭上了眼睛，他才懵懵懂懂明白，妈妈是要赶在死神之前，为他这辈子多打几件毛衣啊。

他撩起西服的下摆，眼里含着泪花："妈妈没想到，我都快大学毕业了，也没长到像爸爸那么高，所以，这件毛衣太大了点。但是，但是它很温暖。"

人力主管的眼睛也有点湿润了， "我想问你一个问题，你一直穿着它吗?"

"是的。每年冬天，我都穿着它，穿着它很温暖，穿着它，我就觉得，妈妈一直陪伴着我。"

前几天，他打电话告诉我，他已经被那家外资公司录用，开始进公司毕业实习了。他是我的堂弟。15 年前，我的堂婶，一个贤惠善良却不幸的女人，被病魔残忍地夺去了年轻的生命，享年 32 岁。她把她的爱织进了毛衣，温暖着堂弟，也温暖着我们的心。

我听得见

岳父因病住院，我晚上去陪护。

一间病房住着三个病人，加上每个病人一个陪护的，小小的病房，显得有点拥挤。

邻床住着一位老太太，床头病历卡上写着，87岁。陪护的是她的长子，也已经六十多岁了，头发都花白了。老太太因为心肌炎住院，这几天冷空气南下，气压很低，老太太病情有点加剧，常常躺在病床上，大口大口地喘气。

病情稳定的时候，老太太就让儿子将病床摇高一点，身子斜靠在病床上，和左右两边的病人，或者陪护聊天。“得的是什么病啊，有几个子女啊，来陪护的是谁啊，”老太太都关心地问一遍。老太太嗓门很大，让人简直不敢相信，这是一位快九十高龄的老人的声音。老太太每问一句，她的儿子就将别人答的话，附在老太太耳边大声地重复一遍，老太太的儿子说，老人的听力不好，别人讲的话，她基本上都听不见了，偏偏还特别喜欢跟人说话，平时在家里，老太太与别人唠嗑，他都要站在身边，为老人复述。儿子笑着说，就这样她还不乐意呢，有时候他复述的声音大了点，老太太会不满地嘟囔，让他小点声，她听得见呢。她哪里听得见啊，儿子无奈地摇摇头，花白的头发在灯光下一闪一闪。

老太太安静的时候，每隔一段时间，坐在老太太身边的儿子，都会俯身凑近老太太的耳边，问她想不想喝点水，或者要不要吃一片水果，或者有没有哪里痒要挠一挠。儿子说：“这是医生交代的，为安全起见，怕老太太睡过去。”可是，声音低了，老太太根本听不见，喊不醒，声音高了，又怕吵着同病房的其他病人。儿子便只好贴着老太太的耳朵，压着嗓门，大声地说话，本就苍老的声音，因而变调得有点怪异。老太太一次次被喊醒，有时候会乖乖地喝一小口水，或者吃一小片苹果什么的。有时候老太太则显得很生

气，责怪他声音太大，吵死人了。老太太像个孩子一样，儿子就一脸笑容地哄着老太太，直到老太太的脸上，也露出笑容。病房里的其他病人和陪护，都会心地笑了，人老了，有时候确实像个孩子呢。

大家都习惯了老太太的大嗓门，老太太有力气大声说话，至少说明她的健康还不错。不过，回老太太话时，大家却还是习惯性地小着声，因为，即使你再大声，也得老太太的儿子复述。不然，老太太半句也听不清。

有一天早晨，老太太的病床前，忽然多出了一块小黑板，以为是医生挂在病床前记录什么的。走过去一看，上面什么也没有，让人纳闷。

医生查过病房后，老太太的精神看起来不错，大声地说着话，一会儿问我的岳父："今天感觉有没有好一点?"一会儿又问另一位病人："还感觉胸闷吗?"可是，奇怪，老太太的儿子今天怎么没复述别人的话？再一看，老太太每问一句，别人回答一句，儿子就在黑板上刷刷地写着，然后，竖起来亮给老太太看。我们好奇地问老太太的儿子，为什么要费这个周折？老太太的儿子笑着指指老太太："她怕我的声音大，吵了别人，所以，让我将家里的这块小黑板拿来，你们跟她讲的话，或者我要跟他讲什么，就写在黑板上，老太太视力还不错，字大一点，还都能看清的，而且，老太太以前是老师，也习惯看黑板。"

真没想到，这块黑板竟然是这个用途，这个可敬可亲的老太太，即使病中，也不肯打扰了他人。

聊了一会儿，老太太有点累了，倚靠在病床上，眯起了眼睛。她的神情安静慈祥，多么像离开我们多年的奶奶啊。

午后的一场对话

街头公园，一对中年夫妇相向而坐。

女人说："时间过得真快啊，眨眼我们结婚已经20个年头了。"

男人说："是啊，儿子都读大学了，但是，我的脑海里，还经常清晰地记着当年我们俩漫步校园时的情景，那时候你可是我们系里的系花，真年轻，真漂亮啊。"

女人说："可惜，很快我们就要老了。"

男人说："那样也好，我们就不必像现在这样为了生计而疲于奔命了。"

女人说："想到即将老了，我感到很害怕。"

男人说："有我陪着你呢，不怕。"

女人说："老了就会生病，我害怕生病，害怕打针，害怕各种管子插满一身。"

男人说："别瞎说，你身体不是很好嘛。"

女人说："我是说，等到我们老了，身体就会像机器一样，转动不灵了。幸亏我们俩现在的身体，看起来还是蛮好的。你说，等到老了，我们俩谁会先病倒呢?"

男人说："好象一般都是男的吧。"

女人说："那到时候就是我照顾你了。"

男人说："年轻时，就一直是你照顾我，没想到，老了之后还得你照顾我，辛苦你了。"

女人说："也可能是我先病倒啊，你不也会一样照顾我吗?"

男人说："那当然。无论谁生病了，我们都会互相照顾的。"

女人说："这我就放心了。你说，假如我们老了，会得什么病啊?"

男人说："人食五谷杂粮，什么病都有可能吧。不过，我看到一个资料说，现在老年人得的比较多的是老年痴呆症。"

女人说："好可怕啊，听说得了这个病，严重的连家人都认不得了。我可不要生这个病。"

男人说："你不会的。"

女人说："谁知道呢？想到如果有一天我得了老年痴呆症，就可能什么都不知道了，那样的话，我就无法照顾你了，所以，现在我就要趁自己清醒的时候，有能力的时候，对你好些。"

男人说："你对我一直很好啊。"

女人说："也有可能是你得了这个病，那么，到那时候你就什么都不知道了，虽然我会照顾好你，你自己却不知道，感受不到了，所以，这样看来，我还是要趁你现在清醒的时候，就对你好些，让你记得我的好。"

男人哽咽着说："你总是牵挂着我。"

女人揉揉眼睛，站起来，牵着男人的手，说："我们回家吧。"

样子像领导

黄四肥头大耳，挺胸腆肚，面目威严，样子很像个领导。

与一堆普通同事走在一起，黄四经常被人误为领导，因而对他恭敬有加，这让黄四很受用。去小酒馆吃饭，服务员来收帐的时候，大家齐声说："今天我们领导请客。"听到这句话，服务员就会用目光将众人梭巡一遍，然后径直走到黄四身边。黄四在众人嘻嘻哈哈声中，爽快地掏出皮夹。

不但在普通群众中，黄四被当成领导，即使和真的领导走在一起，黄四往往也比领导更像领导。有一次，黄四等人和领导一起出差，对方接待的人，首先将一双大手，热情地伸给了黄四，并谦恭地接过了黄四手中的拉杆箱。黄四甩着两只胳膊，悠哉悠哉地走在最前面，领导和其他同事拉着各自的行李箱，跟在后面。及至走进谈判室，接待方欲将黄四请至主席就坐，黄四似乎才猛然惊醒过来，连忙指着一直板着脸的领导说："这位是我们领导，请领导坐主席。"接待方看着真正的领导，脸上的笑容很尴尬。

从那以后，领导再出差，从来不带黄四。黄四为此很郁闷。有人提醒黄四，你的样子太像领导了，抢了领导的风头，领导当然不乐意你伴随左右。黄四摸摸自己的大肚腩，无奈地摇摇头。

最让黄四接受不了的是，那些看起来形象不佳，卑躬屈膝，委琐不堪，而且也没有什么工作能力的同事，倒一个个被提拔当了领导。而样子最像领导，资历最老，能力也还不错的黄四，却一直得不到提拔重用。样子像领导的黄四，开始对自己的形象，恨之入骨。

黄四苦寻良策。

一次，黄四得以陪领导下乡考察。领导原来是黄四的同事，个子比黄四矮半截，头发稀稀拉拉，眼神暗淡无光，一句话，样子一点也不像个领导。本来是安排别人陪领导下乡的，但别人临时另有重任，只好由黄四陪同。领

导、秘书、黄四和司机一行四人，走进村中。在村口和一帮村民闲聊时，黄四突然冒出一句话，老乡，你们猜猜，我们四人中谁是领导？秘书惊愕地盯着黄四，悄悄拉了一把黄四的衣襟，低声对黄四说："你疯了吧?"黄四白了秘书一眼，又意味深长地看了领导一眼："猜着玩玩嘛。"村民们将四人上上下下打量了一遍，最后一致用手指着领导说："他是领导!"本来铁青着脸的领导，听了村民的话，面色和蔼地说："错了吧?"又指指黄四说："他才是我们领导。"村民连连摇头："领导真会开玩笑，他肯定不是领导，你才是!"领导问："何以见得?"村民说："你身上有一股领导的霸气，他没有。"领导哈哈大笑。秘书、司机，也都哈哈大笑。黄四也尴尬地笑笑，讪讪地对领导说："群众的眼睛是雪亮的啊。"领导很受用地拍拍黄四的肩膀，别急，好好努力，你也总有当真领导的那天的。领导说话时中气十足，模样高大。

考察完之后，走在最后的黄四，偷偷给那几个村民，每人发了一张大钞。没有人看到这一幕。

从那以后，领导们对黄四的态度，发生了改变，不再忌讳黄四陪伴在侧了。奇怪的是，同样是自此以后，再也没有人将黄四错当成领导了。黄四的腰杆，越来越弯曲；说话的声音，越来越细；头颅，越来越低。

样子不再像领导的黄四，倒一步步高升，当上了领导，先是被领导提拔为科长，几年之后，又被提拔为副处长，去年，更是连升三级，坐上了局长的宝座。

细心的人们发现，当了领导之后的黄四，样子反而一点不像领导了。科长黄四，在处领导面前，一点也不像领导；处长黄四，在局领导面前，一点也不像领导；局长黄四，在厅领导面前，一点也不像领导。

只有在下属以及所有有求于他的人面前，肥头大耳，挺胸腆肚，面目威严的黄四，才和以前一样，像个领导。不，不是像，而是真正的威仪有加，官态十足。

特价菜

单位边上有家中式快餐店，一位老乡开的，我的中饭都是在那里吃的。

每顿饭，我都是点一份荤菜，一份素菜，加一个汤，一碗饭，十几元钱，十几分钟，就解决了。附近还有几家快餐店，几家店菜品差不多，价格差不多，环境差不多，就连装修风格也差不多，所以竞争异常激烈。快餐店的客人，以周边单位的上班族居多，每个人的消费水准，基本上也都差不多，两三份菜，十来元钱，偶有三五结伴的，围坐在一起，点七八份菜，也就三五十元。来这儿吃饭的，都是图个快捷，方便，实惠。

那天又去吃午饭。因为有事耽搁了，去得迟了点，已过了高峰期，顾客不是很多。我照例点了两份菜一个汤。找了个空位子，坐下来，一边慢慢地吃，一边无聊地张望，看有没有熟人。没有。却意外地注意到了一个坐在我斜对角的人，中年，黑瘦，穿着已经辨不出本色的工服。他的面前，只有一份菜，青椒土豆丝，那是快餐店本周的特价菜，每份只要2元钱。特价菜是老乡的快餐店推出的竞争手段之一，每周都会推出一道，这周是青椒土豆丝。他埋头吃着饭，狼吞虎咽，一会儿，一碗饭就吃完了，桌上的菜，竟然还剩下一半多。他站起来，又去盛了满满一大碗。和所有的快餐店一样，老乡的这家快餐店也是只要花一元钱买一份饭，就管吃饱，添饭不用花钱。

我也低头吃饭，尽量不去看他，以免引起他不适。才吃了几口，见他又站起来，去盛了大半碗饭。看得出，他是干体力活的，饭量大得惊人。不过，就那么一份土豆丝，他竟然能吃下三碗饭，才更令人刮目。我甚至替开店的老乡想，要是都像这个顾客，老乡的这个店，怕是撑不下去。

晚上要临时加班，懒得来回跑，我决定还是就近去快餐店解决下。来吃晚饭的顾客不多，买好饭菜，我又找到中午坐的位子。刚坐下，惊讶地看见，斜对面的位子上，埋头吃饭的中年人，黑瘦，穿着看不出本色的工服，这不是中午看到的那个人吗？更让我惊讶的是，他的面前，还是只有一份菜，特价菜青椒土豆丝。他埋头吃的正香。

好奇心促使我此后几天，都留意了一下，有时候能看见他，那个黑瘦的中年男人，他的面前，也永远只有一份青椒土豆丝，中午是，晚上也是，今天是，明天还是，直到下周新的特价菜推出来，才换掉。不独他，一留意我才发现，还有好几个人，都是民工模样，也都是只点一份特价菜，一碗饭。一连很多天，都是这样。我的心里酸酸的，我知道，他们挣钱不易，连吃饭的钱都一分一分地抠下，然后寄回老家，供孩子上学，老人看病，或者攒着盖房子。可是，我又替开店的老乡揪心，他从乡下跑到城里来开这家快餐店，也殊为不易，至今还贷着十几万的银行款呢。

一直想找个机会，提醒下开店的老乡，想个周全的办法，解决这个问题。可是，每次看见他，都混在伙计堆里，忙前忙后，似乎连停下来说句话的时间都没有。

月初的一天，又去快餐店吃中饭。惊奇地看见，挂在柜台前的特价菜牌子换了，原来写的是本周特价菜，现在改成了每日特价菜。我问服务员牌子是不是写错了，服务员笑着说："没错啊，我们老板是将每周特价菜，改成了每日特价菜啊，从今以后，每天我们都会推出一份不同的特价菜。"

店老板在人群中穿梭忙碌，如果不认识他，你会将他当成一个跑堂的小伙计。他的脸上挂着笑容，从我面前匆匆走过的时候，冲我点了点头。看着他挂在脸上的汗珠，我恍然明白了他的心意。

我埋头吃饭，饭很香。

三生爹进城

春风刚过，三生爹挽起裤脚，踩进冰凉的水里，将五十斤种子撒进了水田里。春寒料峭，但是，一个星期后，水稻种子还是顽强地发了芽。三生爹每天都要到苗田里转转，秧苗就像三生爹沟壑纵横的老脸上，抽出的嫩芽。

四月，三生爹和三生瘸腿的妈，佝偻着腰，用了整整三天时间，将秧苗一棵棵插进他们家的十亩水稻田。歪歪扭扭的秧苗，几天后就自己扶正了身体，一行行地泛绿。如果你像三生爹一样蹲在稻田边，你就会发现秧苗笔直地通向远方，一直可以连接到遥远的城里，三生前年就大学毕业了，天可怜见，这小子竟然找到了工作。

五月，三生爹用家中仅剩的200元钱，买了化肥，全部撒进了水稻田里，这是庄稼的营养。这点化肥，根本不能喂饱正在长身体的水稻们，可是，三生爹没有钱买更多的化肥，就像三生小时候，无法获得更多的营养一样。但是，显然，水稻和三生一样，都有能耐在平瘠的土地上茁壮成长。再说三生爹还有土办法，每天早晨去拣粪，这可都是有机肥呢。

六月，水稻准备抽穗了，病虫也开始向水稻田扑去。每瓶农药都要一、二十元，三生爹找不出买农药的钱。无奈的三生爹，就到附近的工地去打工，帮人家搬砖头水泥，每天可以挣到30元，除掉中午一顿盒饭和来回的路费，还能余12元。三生爹打了10天的短工，挣了120元，买了六瓶农药，匆忙赶回家，为水稻喷洒农药。天气已经热起来了，三生爹戴着一顶草帽，光着膀子打农药，农药也喷洒在三生爹的皮肤上，三生爹不娇气，这点农药还毒不倒他，只是有点胸闷，想吐，三生爹却很开心，这说明不是假农药呢，庄稼有救了。

水稻抽穗的时候，老天却一连二十多天没下雨，附近大小水塘的水都抽干了，政府组织村民向外地买水灌溉，一亩田收40元的灌溉费。三生爹哪有

这个钱啊，最后村干部出面担保，先欠着，等到水稻收上来了，卖了钱，再还。三生爹千恩万谢，奄奄一息的水稻总算咕嘟咕嘟，喝了个饱。

八月，收割的季节终于到了。三生爹和三生瘸腿的妈，佝偻着腰，顶着烈日，用了整整五天时间，将十亩水稻全部收割了。新鲜的水稻，散发着迷人的稻香。三生爹和三生瘸腿的妈，用了整整五天时间，在自家的晒场上，将所有的水稻都脱谷，晒干。毒日头，将三生瘸腿的妈和三生爹的皮肤，晒得脱了三层皮。可是，看着晒场堆得小山一样的稻谷，三生瘸腿的妈和三生爹的嘴唇笑得裂出了血印，可却像花一样灿烂。

留下了口粮后，三生爹将稻谷，一筐筐挑到了粮站，来来回回，挑了整整二十多趟。扣除灌溉费和各种上交的费用外，三生爹从粮站拿到了整整一千元。厚厚的一叠啊。三生爹手粘着唾液，数了一遍又一遍，没错。三生爹小心翼翼地将一千元揣进内裤兜里，拍拍，回家了。

三生爹和三生瘸腿的妈一合计，现在有钱了，该去城里看看儿子了。自从儿子毕业后，已经快两年没看到儿子了。

当晚，三生瘸腿的妈将一千块钱缝在三生爹的短裤上。第二天，三生爹，坐火车进城，去看自己的儿子。

三生爹找到了儿子，两年多没见。这狗日的出息了，还谈了一个城里的女朋友。女朋友坐在儿子房间的床沿上，脸嫩得跟豆腐似的，三生爹高兴地想，如果不是嘟着嘴，儿子城里的这个女朋友，一定比村里最俊俏的姑娘还俊。

吃晚饭的时候，三生爹看出了小俩口在闹矛盾。三生爹骂儿子欺负人家姑娘，骂够了，问咋回事呢。三生嘟囔了半天，才告诉老爹，女朋友想去看一场演唱会，可是，可是，自己最近手头紧，这个月的工资还没开，钱不够。三生爹拍拍肚子，爹带钱来了！三生爹这就要解裤带，忽然想起儿子的女朋友在一边呢，三生爹不好意思地笑笑，跑到厕所里，将三生瘸腿的妈缝在短裤上的一千元拿出来，交给了三生。

看着儿子拉着城里的女朋友，笑容满面地跑出房间，三生爹的脸上，露出得意的笑容。

第二天，儿子上班去了，三生爹决定回乡。临走，三生爹将儿子随手扔在桌上的两张演唱会的票，揣进了怀里。三生爹不识字，但上面的数字三生爹认得，888 元。三生爹嘴里嘟囔着："什么人唱歌，听一下就要这么多钱呢？"三生爹重重地关上了儿子的房门。

旧报纸里的温情

她微微佝偻着腰，一个一个办公室敲门。大家都认识她——收旧报纸的老太太。

每个月的最后一个周末，她都会准时出现在办公楼里，单位规定，这天，她可以上门收购旧报纸。

因为工作性质的原因，我们单位几乎每个人，都订了好几份报纸和杂志。平时看完了，就码在办公室一角，等着她上门来收购。卖一次旧报纸，往往可以挣几十元，女同事拿去买零嘴，大家共享。

她五十来岁，头发已经花白了，讲一口浓重的郊区方言。每次来，她都会拎着一个布袋子，里面塞满各种各样的布条，看得出，这些布条都是用旧衣裳撕出来的，她用来捆扎旧报纸。另一只手上，拎着一杆小秤。

“卖报纸!”有人站在楼道里喊一嗓子，她就会立即从某个办公室跑出来，瞅一眼，一脸乐呵呵地应答着。她几乎能够认出这座楼里的每一个人，甚至谁多长时间，需要处理一次旧报纸，她都了如指掌。因此，如果一段时间你没有卖过旧报纸，下次楼道里看见你，她一定会特地问你一声，旧报纸要卖吗?

她躬着腰，将堆在办公室角落里的旧报纸，一摞摞搬出，理整齐，码好，然后，用布条捆扎起来，一捆一捆地过秤。与我们经常看到的商贩那高高翘起的秤杆不同，过秤的时候，她的秤杆，总是往下垂，秤砣几乎要从秤杆上滑落下来，这样，报纸可以秤得重一点点。没人在意她的秤，但她一如既往，要把秤让给她的客户。秤一捆，她报个数，让你记下来，再秤一捆，再报个数。一捆一捆秤完了，她会让你加一加，有多重？而她自己，似乎从不记数，你告诉她多重，她就按这个重量，算帐给你。有时候，帐里面有零头，大家就说算了，她却总是很认真地从包里掏出一大把硬币，一分不少地付清。

有时候，她会兴高采烈地告诉我们，旧报纸又涨价了，涨了一毛多呢。她会按新的价格，算给我们。她说旧报纸涨价了的时候，高兴得就好象她是卖旧报纸的，得了多少实惠似的。也有的时候，她会神情黯然地对我们说，最近旧报纸跌价了，价格只能低点了。说这话的时候，也好象她是卖旧报纸的，莫名地损失了似的。其实，大家处理旧报纸，没几个人真在意那点钱。倒是她，每次都很认真地告诉我们近期的旧报纸价格，涨了，或者跌了，像晴雨表一样。

她的实诚，使办公楼的人，都对她充满好感。这也是她这么多年，可以上门收购我们旧报纸的原因吧。

有的时候，她也会显得很小气。比如每次整理旧报纸时，看到夹在报纸里的杂志，或者书，她都会将它们剔出来，单独捆在一起，过秤。她说，书和杂志比报纸便宜一点。有一次，我搬新办公室，整理物品时，我将一些旧书，扔进了旧报纸堆里。正赶上她来收购旧报纸。她将那些书一本本拣了出来，问我："这些书真的不要了？"我点点头。她将书单独捆扎好。我笑着对她说："其实，书和旧报纸的价格，一斤也就相差毛把钱，没必要分的这么细。"她姗姗地笑笑，没有回答。

每个月的最后一个周末，我们都能看见她微微佝偻的身影。这么多年来，她就像一张旧报纸一样，"沉淀"在办公楼里。

那天，我们去郊区的一个山村采访，村支书领着我们参观了他们新建的村图书馆。图书馆是一间民房改建的，书架上，整齐地码着一排排书。忽然，看见有本书很眼熟，打开，扉页上写着我的名字，想起来了，是我上次搬办公室时处理掉的，再一找，另外几本也在。我好奇地问村支书，这些书从哪来的？村支书说，是村里的林老太太捐赠的。她经常上城里收旧报纸，如果收到旧书，她就会留下来，捐给村里或者学校。这几年，她已经捐了好几百本了。

忽然明白了，为什么每次收旧报纸的老太太，都会将夹在报纸里的书刊拣出来了。摩挲着那些旧书，我感到了一丝羞愧，也嗅到了旧书里散发出来的独有的香气，很温暖。

招聘条件

这几天，人事处的罗处长又忙开了。局里新招一名工作人员，罗处长和几名科员要先起草一份招聘启事，罗列好招聘条件。

罗处长召开会议，传达局领导的指示：要确保本次招聘，像以往历次招聘一样公开、公正、公平，将最适合的人员招聘进来，充实本局干部队伍。所以，人事处一定要严格把关，拟好招聘条件，避免授人以柄，造成不良社会影响。局长特别重申：现在工作这么难找，人员招聘，牵涉到社会最敏感的神经，一定要将各项工作都做扎实，考虑得更周到更细致，确保每一个环节都做到滴水不漏，无懈可击。

那就赶紧罗列吧。有人提议，还是老办法，先将以往几次招聘的经验拿出来学习一下。

一次招聘办公室文员，招聘条件是这样的：女性，本地人，需要有国外学位证书。有人问："招聘一名办公室普通文员，为什么需要国外学位？"罗处长白了他一眼，解释说："你真笨啊？那是因为李副局长的外甥女刚从国外拿了个文凭回来，找不到工作，怎么办？"大家嗷了一声，不过，有人还是疑惑，这个招聘条件会不会引起社会的猜测和反感？罗处长乐了："恰恰相反，这说明本局的干部队伍已经走向国际化，与国际接了轨，因此，那次招聘，不但如愿解决了李副局长外甥女的工作问题，还得到了有关部门的表彰。"

一次招聘某下属单位的质监员，招聘条件是这样的：女性，本地人，残疾。据说这条招聘启事刚出来，就引起了大家的强烈关注，很多人不明白，质监员，这么重要的一个岗位，为什么对专业背景一点要求没有，却只要残疾女士？罗处长笑着解释说："这说明我们充分保障残疾人的权利，很多单位招聘时，特意强调不招残疾人士，这不是明目张胆侵害残疾人的工作权

吗？作为一个有影响的局，我们就是要倡导文明之风，让残疾人时刻感受到社会的温暖。”大家翻出档案，发现最后招进来的是省厅办公室王主任的妻子的表弟媳妇，档案里也确有她的残疾证明：色盲、色弱、严重近视，据说除了看人时眼睛眯眯的外，对工作影响不大。

还有一次，机关要招聘一名内勤，这本来属于一个临时岗位，但因为本局待遇太好，即使临聘人员，待遇也远强于一般单位，所以，角逐者众。招聘条件是这样的：男性，58－60岁之间。最后，是郑科长的刚刚从某养猪场退休的岳父成功应聘。罗处长激动地说：“这次招聘，再一次说明本局一贯的用人作风，任人唯贤，唯才是举，而不论你是什么年龄，什么学历，什么工作资力。”

几本厚厚的招聘档案翻下来，大家都心中有数了，原来每次招聘，都是有的放矢啊，招聘条件设置得恰如其份，恰到好处。其中一个科员拍着胸脯对罗处长说：“我们都明白了，你就直接说，这次局领导想安排谁进来，我们就根据他自身的条件，设置个应聘门槛，将其他竞争者合理地拒之门外。”罗处长拍拍他的肩膀，赞许地点点头：“这次要安排的，是汤副局长的内弟媳的表弟的妹妹，别小看了这个人，她丈夫可是本地有名的暴发户，和咱们的汤副局长关系非常非常铁，如今就是想混个机关干部的身份。”

“她是少数民族吗?”“不是。”“她是残疾人士吗?”“不是。”“她有文凭吗?”“没有。”“她受过任何表彰吗?”“没有。”“她有过什么工作经历吗?”“没有。”“她会电脑吗?”“连字都不会打，只能视频聊天……”大家苦思冥想，希望能找到哪怕一丁点稍稍与众不同的地方，可是，很可惜，什么也没找到。正当大家愁眉不展无计可施的时候，罗处长突然一拍大腿：“有了!”大家惊问：“处长有嘶鸣惊人发现?”罗处长一本正经地对大家说：“她没有生过孩子，他们家的孩子是领养的。”这算什么条件？大家丈二和尚摸不着头脑。罗处长点拨大家，招聘条件可以这样写：已婚，未育，领养孩子。

大家面面相觑，这条件固然符合的人不会多，可是，作为正儿八经的招聘条件，似乎也太那个了。罗处长哈哈一乐：“你们懂个屁，这说明本局倡导和谐社会，充分尊重每一个有爱心的人士。”

第二天，招聘启事甫一登出，全城为之感动，汤副局长内弟媳表弟的妹妹，不但如愿成为一名机关干部，而且被评为当年度爱心标兵。

水写的字

清晨。山脚下的小广场，在健身者的脚步声中，热闹起来。

多是中老年人。有的打太极，有的跳扇子舞，有的倒着走，有的遛狗，有的吊嗓子，有的练唱越剧……各种声音、各种节拍，混杂在一起。奇怪的是，各自并不影响，每个人似乎都能从杂乱的声音中，找到自己的节奏。然后，将自己的身体舒展、打开。

我们跑完一圈，回到广场上，妻子喜欢扎堆到唱越剧的人群中，跟着哼几声，而我则去找那个用水写字的人。

除非下雨，每天早晨，你都能在广场的东北隅，看到他。一个瘦小的老头，一只手端着一瓶水，一只手拿着一只自制的大笔，低头，弯腰，在地上写着字。对驻足在他身后观看的人，浑然不觉。

写一个字，退一步，蘸水，继续写。灰色的地面上，水呈现深褐色，像墨汁一样。已经写好的一块，是草书，如盘龙，如飞鸟，如走兽。如果不是亲眼所见，你不敢相信，如此遒劲的大字，会出自这样一个瘦弱的老者手上。

写好一组字，老人停下来，端详一番。我乘机向老人讨教一下有几个认不出的字。老人耐心地告诉我，并用手中的大笔比划给我看。我注意到，老人的笔头，不是毛，而是一块海绵，笔杆则是普通的竹杆。休息一会后，老人继续写字。我默默地站在老人一侧，揣摩他的用笔，力道。

清晨的阳光，从楼群的缝隙里，穿过来。地面上的水字，恍然有金色。唱越剧的那边，不时传来喝彩声。老人手中的笔，节奏忽然加快，“多承梁兄情意深，登山涉水送我行，常言道送君千里终须别，请梁兄就此留步转回程。”怎么这么熟悉？想起来了，是越剧梁祝里面的一段唱词，正奇怪老头怎么写着写着，写到戏词里去了，耳边忽然传来一段熟悉的旋律：“常言道送君千里……”，是那边唱越剧的，恰好也唱到了这一段。

老人写好这段字，收笔，用瓶中剩余的水，将笔尖洗干净。转身向唱越剧的人群中走去。我也跟在老人身后，去找妻子。

老人走到一位老太太的身边，俯下身，从布袋里拿出一杯水，拧开，自己先抿了一口，然后，递到老太太手上。老太太喝了几口。老人问："唱好了没?"老太太点点头，问："你今天写了多少字?"老人笑笑："跟以往一样，136个字。""那我们回家吧。"老太太摸索着站了起来。老人一手拎着布袋子和笔，一手拉着老太太的手，慢慢地向小区走去。

目送着两位老人。"多好的一对老夫妻啊，"我发出感叹。正在收拾音箱的老师傅看看我，摇摇头说："他们不是夫妻。"我诧异地看着他。他一边绕着电线，一边对我说："其实，他们这辈子挺遭罪的。年轻时他们是相好，他喜欢写字，她喜欢唱戏，但是两家都坚决反对，后来，他们就各自成家了。前些年，她的老伴过世了，他也早就离异了，两个人本想走到一起，没想到，又遭到了各自子女的强烈抵制。没办法，他们只能早上一起出来活动活动筋骨，他写写水字，她唱唱老戏，然后，回到各自的家，过各自的日子。"

我无语。拉起妻子的手："我们回家。"经过小广场的东北角，老人刚刚写下的字迹，已经被蒸发得差不多了。灰色的地面上，几乎看不出字的痕迹。可是，你仔细嗅嗅，早晨的空气里，有水的气息，也有那些水字背后的故事里，流转的气息。

鼓　掌

又有领导要来我们单位做报告了。

自从余主任上任后，我们单位骤然成了香饽饽，一茬茬的领导前来参观、视察、检查、指导。毫无例外地，最后，领导都会即兴向全体人员发表讲话或作一场报告。

报告会都在五楼的会议室进行。会议室不大，我们单位只有百来十人，人员全部到会的话，正好可以坐满。像往常一样，在领导到来之前，会议室已经坐得满满当当。

楼道里传来领导的脚步声。掌声骤起。

领导走进会议室。会议室内响起热烈的掌声。

在余主任的引领下，领导在主席台最中间的位子上坐下。台下传来雷鸣般的掌声。

领导含笑扫视大家一眼，向大家颔首致意，会场内爆发经久不息的掌声。直到余主任连续摆了三次手，掌声才慢慢平息下来。

余主任说："下面我们请领导讲话。"掌声震耳欲聋。

领导激动得双颊绯红。领导准备讲话，干咳了一声。台下立即报以热烈的掌声。

领导说："同志们好！"这下不得了了，台下以排山倒海般的掌声，响应领导的这一声亲切问候。大家的热情感染了领导，领导也鼓起掌来。见到领导鼓掌，大家像被点燃的爆竹，噼里啪啦地响起来，如破竹，如响鼓，如惊雷。

领导显然被深深感动了，还从来没有受到过如此热情‘如此热烈’如此热切的礼遇啊。领导红着脸，向大家挥挥手，大声说道，谢谢你们热情的掌声。领导这句话，再次点燃了大家鼓掌的激情，如雷的掌声，几乎将会议室挤爆，一只苍蝇夺门而逃。

在领导的再三要求下，掌声才极不情愿地停了下来，领导开始讲话（此处省略掌声188次，掌声持续时间长达59分钟）。一个小时后，领导潮红着脸，结束了其一分钟的讲话。虽然只讲了不到十句话，但大家持续不断的雷鸣般的掌声，让领导非常非常的受用。

领导醉熏熏轻飘飘地踏着掌声，离开会场。领导像所有来我们单位做过报告的领导一样，向余主任表达了对我们单位员工极高的热情和极高的素质所给予的极高的评价，领导由衷地感叹：从来没有享受过这么实在这么真诚这么热情的掌声啊！

领导红光满面，满意地走了。

余主任红光满面地回到会议室，向大家宣布：“今天的拍手锻炼到此结束。”拍手锻炼？没错，这是余主任上任后向大家推荐的健身运动，很快得到了单位全员响应，并在每次领导来讲话作报告时灵活运用。据说，每天拍手1000次，百病俱消。

鼓掌原是拍手！有好事者将这条真相，悄悄捅给了意欲来本单位作报告的领导，期望得到领导的赞许和奖赏，没想到反被领导痛骂了一通。秘书将一脸委屈的好事者拉到一边，安慰他：“你以为领导不知情吗？”其实领导比谁都清楚，那些掌声并不是发自真心的。好事者疑惑不解地看着秘书，领导既然明知那些掌声都是假的，怎么还乐此不疲？秘书笑着说：“受用呗。”官场、人生如舞台，很多时候，大家都是在演戏啊。

好事者恍然大悟，不由自主地拍了拍手。

镶嵌在墙上的黑板

这是一片神秘的土地，在大山掩映之中，一个小村庄，兀然出现在我们面前。我们带的地图上根本没有标注，就连为我们带路的向导，都不知道有这么一个小村庄。我们惊喜地走了进去。

小小的村落，散布着几十户人家，过着世外桃园般的生活。与近乎原始的自然环境相比，更让我们惊讶的，是当地的村民。据说，除了偶尔有县乡的工作人员和村民的亲戚进过村之外，这些年，几乎没有什么外人，走进过这个村庄。村民们看见我们这些误闯进来的外人，就像看见外星人一样，好奇而激动。我们在村民们好奇的目光中，好奇地绕着村庄边走边看。家家户户的门，都是敞开着的。在其他地方，你已经无法看到这样日不闭户的场景。

最后，我们来到了小村惟一的一家代销店，我们想在这里补充点物资。小店里只有最基本的日常生活品卖：盐、酱油、一两种劣质烟、坛装的老白干……都是村民们需要的东西，而我们需要补充的矿泉水和方便面，竟然都没有。店主解释说："矿泉水，村民根本不需要，方便面？那么贵的东西，小村可没几个人吃得起。"

我们买了几块当地产的大饼，店主热情地为我们灌满了冷开水，这样，我们后面的行程就不怕了。因为要出山进货，店主算得上这个小村里见过世面的人。我们和店主聊起来。小店门边，镶嵌在墙上的一块黑板，引起了我的兴趣，上面用粉笔歪歪扭扭写着一些文字和数字，如大黄，酒，4.6；二贵妈，酱油，2；黑头，盐、烟，13.45……问店主："黑板上写的是什么？"店主笑着说："是大家伙赊的帐，等有钱的时候，就来结一下。"原来是帐单。正说着话，一个中年人来买烟，店主递给他一包烟，中年人接过烟，顺手在墙上扣下一小块石灰，将黑板上的一个数字擦了，重新写了个数字，然后，拍拍手，和店主打声招呼，走了。我们惊讶得目瞪口呆，就这么随便擦擦写

写啊？店主看出我们的困惑，笑着说："都是乡里乡亲的，谁还会赖我几个钱啊？"

有人上前用手轻轻擦黑板上的字，一擦就没了，而且，这块黑板是镶嵌在墙上的，即使晚上，也只能"挂"在外面，如果谁晚上偷偷来将名字擦掉了，或者将数字改了，那不是轻而易举的事啊。店主说："这事，还真发生过。有一次，一个村民来买东西，忽然发现自己名字下面的数字没了，可能是被哪个调皮的孩子擦掉了，村民赶紧找了块石灰，将数字重新写在了黑板上。大家在我这里赊了东西，他们记的可清楚了，我这个黑板，也就是个形式，其实，帐本都在大家的心里呢。"

店主的话，让我们羞愧不已。多么纯朴的村民啊！我们感慨说："店主这个黑板，可以作为现代人的一个典型教材，我们现在最缺少的，就是诚信和信任了。"

回城之后，我们将这个故事讲给身边的人听，闻者无不激动不已，太难得了！一批批人沿着我们的足迹，走进了深山，去寻访那个神秘纯朴的村庄，而大家最感兴趣的，就是那块象征着诚信和信任的黑板……

一年之后，我们一帮人，再次踏上了那片神秘的土地。进山的道路，已经拓宽了很多。我们轻松地找到了那个小村。未进小村，就被它热闹的气息感染，一打听才知道，这一年来，小村已经被开发成旅游景点了。

我们顺利地找到了那家小店，小店的周围，又开了好几家纪念品和土特产店。让我们聊感欣慰的是，镶嵌在墙上的那块黑板还在，上面的帐单也还在。很多游客，在黑板前拍照，留念。我悄悄摸了摸黑板上的字，擦不动，原来是白色的油漆写的。店主认出了我们。一边忙着招呼生意，一边告诉我们，小店生意大了，经常有人赖帐，所以已经不赊帐了，再说，现在村民也都有钱了。我问："那还留着这块黑板干什么？"店主呵呵一乐："招牌啊，很多人就是冲着它来的呢，这还得谢谢你们的宣传啊！"

我无言以对。墙上的黑板，白漆的名字和数字，冷眼看着眼前热闹的景象。

清洁工的问候

小区的地下车库里，住着一对外地来打工的中年夫妇，男的是我们小区的保安，后来把家乡的妻子也接过来了，经一位业主介绍，在一家五星级宾馆做清洁工。他们住的车库，就是那位业主同情他们，免费借给他们暂住的。

我去车库开车，都要经过这对夫妇住的车库。不常看到男的，因为他大多值夜班。女的倒是经常见到，一大早就起来忙开了。女的很热情，看到业主，不管认识不认识，都会主动打声招呼，很重的乡音。每次，我也会报以微笑。因为这声乡音很浓的问候，我的清晨，心情大好。

有一天，我照例一大早去车库取车。碰到女的，正在清扫地面，她总是将车库周围都打扫得干干净净。看见我，女的忽然站住，必恭必敬地喊了声，“先生，您好！”几乎很标准的普通话。只是这么正规的称呼，这么恭敬的态度，让我很不习惯。女的似乎看出了我的疑惑，笑着解释说，宾馆要求她们这些清洁工，见到客人也一律要这么打招呼，她昨天练了一整晚，才学会了用普通话说这四个字，但是，真要用这句问候语和宾馆的客人打招呼，她又害怕到了宾馆说不出口，所以，看见我们这些面熟的业主，先试试。“莫要见笑哦。”她有点难为情地说。我当然不会笑话她，只是真的有点不适应。

此后，每天早晨在地下车库见到她，她都会先必恭必敬地喊一声，“先生，您好！”虽然我一直不能适应，但是，说实话，她的这句问候，倒是说得越来越顺口了。我注意到，看到其他业主，她也都是这么问候的，也不知道她是继续拿我们练习呢，还是自己已经说习惯了。

我总算慢慢适应了她的这声问候。那天清晨，又在车库门口遇见她。以为又是那句“先生，您好！”没想到，她一张口，竟然变成了“老板，您好！”我吓了一跳。怎么改了？而且，我也不是什么老板啊。看到我一脸惊愕，她不好意思地笑着说，这几天，宾馆在举办一个大型交易会，住的全都

是来自全国各地的企业家、老板、有钱人，所以，经理要求她们这几天的问候语，全部改成“老板，您好!”她也一时改不过来，这不，昨天晚上，只好对着自己老公练了一晚上，把老公喊得脸都绿了。她一脸诚恳地看着我说：“你是我今早第一个打招呼的人，你给评评，我说得标准吗?”我有点尴尬地点点头。就这样，之后的几天，每次我遇见她，都享受一次“老板，您好!”的问候。

没过几天，她的问候又改了，“大师，您好!”当这句话从她嘴里说出来的时候，我差点没被雷倒。我笑着问她：“是不是宾馆里又住进一批什么人物了?”她红着脸点点头说：“最近宾馆接待了一个演出团体，住的都是演员、歌星什么的，反正经理说了，不管是不是大腕，都是上帝，要把他们哄开心了，所以，让我们不管看到什么客人，都喊一声大师，您好!。”真难为她们了。

让我彻底无语的是今天早晨，我在车库门口遇见她的时候，她忽然站住，向我深深地鞠了一躬，然后，恭恭敬敬地喊了一声：“首长，您好!”首长？这是怎么回事，难道有什么大领导住进了他们宾馆？她摇摇头，告诉我，市里面在他们宾馆召开一个全市工作会议，几百号大大小小的官员，全住在宾馆里。为了接待好这些官员，所以，经理要求他们，只要看到客人，都先鞠躬，再问候“首长，您好!”

这也太荒唐了吧？这些人怎么就都成了“首长”？她说：“经理说了，别小看了这些人，他们不是宾馆的财神爷，就是掌握着宾馆的命脖子，所以，必须全力以赴做好接待工作，一丝一毫不能马虎，如果问候失误，是要扣工资的。”我无奈地摇摇头。

每天早晨，我都会在昏暗的地下车库里，遇到她，一个五星级宾馆的清洁工，接受她的问候。我什么也帮不了她，除了让她一次次演练之外。

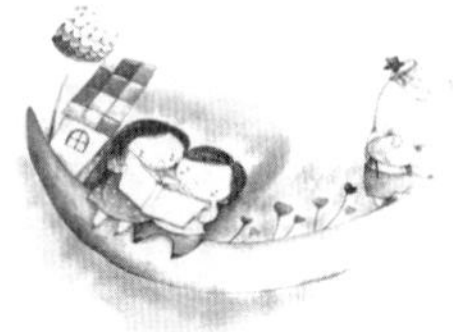

补丁也可以绣成花朵

拐角凹进去一段，就是她的舞台。她在这里摆摊织补，已经好几年了。

每次路过，都能看见她，坐在凹槽里，埋头织补。身边的车水马龙，似乎离她很远。她很少抬头，只有针线，在她的手上不停地穿梭。

这里原本是一个城乡结合部，这几年城市西迁，这块地也跟着火热起来，到处是建筑工地。上她那儿织补的，大多是附近工地上的民工。衣服被铁丝划了个口子，或者被电焊烧破了个洞，他们就拿来，让她织补下。也不贵，两三元钱，就能将破旧的地方织补如初。如果不是工服，而是穿出去见人的衣服，她会更用心些，用线、针脚、纹理，都和原来的衣裳一样，绝对看不出织补过。

从她所在的拐角，往前百米，是一所学校。我的孩子，以前就在那所学校读书。每次接送孩子，都必经她的身旁。也就对她多留意了点。

一天，妻子从箱底翻出了一条连衣裙，还是我们刚结婚时买的，是妻子最喜欢的一条裙子。翻出来一看，胸口处被虫蛀了个大洞。妻子黯然神伤。我的眼前，忽然浮现出她的影子，也许她可以织补好。

拿过去。她低头接过衣服，看了看，摇摇头说：“洞太大了，不好织补了。”我对她说：“这条裙子对我妻子意义不一般，请你帮帮忙。”她又看了看裙子。忽然问我：“你妻子喜欢什么样的花？”“牡丹。”我告诉她。她看着我：“要不然我将这个洞绣成一朵牡丹，你看怎么样？”我连连点头，太好了。

她从一个竹筐里，拿出一大堆彩色的线，开始绣花。我注意到她的手，粗大，浮肿，一点也不像一只绣花的手。我疑惑地问她：“能绣好吗？”她点点头，告诉我，以前她在一家丝绸厂上班，就是刺绣工，后来工厂倒闭了，她才开始在街上摆摊织补。“我原来绣的花可漂亮了”。她笑着说，“原来的手也不像现在这么笨拙，在外面冻的，成冻疮了，所以，才这么难看。”

正说着话，一个背书包的女孩，走了过来。以为女孩也是要织补的，我往边上挪了挪。她笑了：“这是我女儿，就在那边的学校上学。”女孩看看我，喊了声“叔叔”，就放下书包，帮她整理线盒，很多线头乱了，女孩就一根一根地理清，重新绕好。不时有背着书包的孩子，从我们面前走过。有些孩子看来是女孩的同学，她们和女孩亲热地打着招呼。女孩一边帮妈妈理线，一边和同学招呼着。脸上挂着浅浅的笑容。

我好奇地看着女孩。她的稚气的脸上，已经三三两两冒出青春的气息。她似乎一点也不在意，她的同学看到她的妈妈，是个街头织补女。这出乎我的意料。我有个同学，就因为长相土了点，苍老了点，他的儿子从来不让他参加家长会，也不让他去学校接自己，男孩认为，自己的爸爸太寒碜了，出现在同学面前，丢了自己的脸。

我对她说：“你的女儿真好。”她看看女儿，笑着说：“是啊，她很懂事。这几年，孩子跟我们也吃了不少苦。”女孩嘴一撇：“吃什么苦啊，你和爸爸才苦呢。”忙完了手头的活，女孩拿出书本，趴在妈妈的凳子上，做起了作业。我问她，怎么不回家去做作业。女孩说：“我们要等爸爸来接我们，然后一起回家。”

她穿针引线，牡丹的雏形，已经显露出来。这时候，一个中年男人蹬着三轮车骑了过来，女孩亲热地喊他“爸爸”。我对她说：“天快黑了，要不我明天再来拿，你们先回家吧。”她摇摇头：“就快好了”。

路灯亮起来的时候，她终于将牡丹绣好了。那件陈旧的连衣裙，因为这朵鲜艳的牡丹，而靓丽起来。

中年男人将三轮车上的修理工具重新摆放，腾出一个空位子来，然后，中年男人一把将她抱了起来，放在了那个座位上。我这才注意到，她的下半身，是瘫痪的。女孩将妈妈的马扎、竹筐放好，背着书包，跟在爸爸的三轮后，蹦蹦跳跳地走去。

目送他们一家三口的背影，我拿着那件绣了牡丹的裙子回家。你完全看不出来，牡丹之处，曾经是一个补丁。

老爷子的手表

时间停在了8点35分。

两年了，那只手表上的三根指针，就都再也没有走过一步。手表彻底坏了。知道老爷子喜欢戴手表，儿子特意买了一只新的进口手表，送给老爷子，没想到老爷子坚决不肯要，执意要戴自己那只老旧的上海牌手表。没办法，儿子将老爷子的手表，拿去找人修理，表太老了，根本修不了，除非将整个机芯都换掉。老爷子电话里一听，连连摆手："机芯都换了，还是原来的手表吗？不修，不修！"

每天早晨，老爷子仍然给手表拧发条，上劲，一圈，又一圈。其实发条已经滑丝了，根本拧不上劲，老爷子还是很认真地拧满18圈，就像以往一样。然后，老爷子戴着那只坏了的手表，走到客厅，对着挂在墙上的老太太说："我出去走走啊。"指指腕上的手表，接着说："我戴着手表呢，一会就回来，你莫急啊。"老爷子喜欢散步到街心小公园，和老友们聊聊天。他的老友，越来越少了，有的永远地离开了，有的病倒在了床上，再也出不了门。聊着聊着，有人突然问几点了，老爷子就抬起碗上的手表，看看，摇摇头，嘀咕一声，咋不走了呢。好象刚知道似的。老爷子抬头看看天上的日头，快四点了吧。问的人"哦一声"，大家继续闲聊。其实，时间对他们已经不重要了。

有一次，一个过路的小伙子，看到老爷子戴着手表，就走过来，问老爷子时间。那时候，老爷子的表还没有坏。老爷子抬起手腕，很认真地看表针。小伙子诧异地看着老爷子："老人家，你手表戴反了呢，怎么看啊。"边上的老友们也乐了："他一直是这么戴的，都快四十年了呢。"儿子小的时候，就发现了老爷子的手表，总是反着戴的，这几乎成了老爷子的一个乖僻。直到母亲去世后的某一天，老爷子才跟儿子讲了一个故事——

有一个年轻人，急着去相亲，因为当时家里穷，买不起手表，就临时跟别人借了一块手表，戴在手腕上，充充脸面。小伙子老实，勤快，还戴着手表，说明家境也不错。那时候，戴手表的人，凤毛麟角。女孩子和家人，都同意了。关系确定后，小伙子就经常上女孩子家来，见到活抢着干，女孩子家人都特别喜欢他。可是，不久他们就发现了一个问题，小伙子的手腕上，那块亮晃晃的手表，怎么不见了？问小伙子，小伙子支支吾吾，有时说忘记戴了，有时说借给别人了，有时说表链子坏了拿去修了……一连两个多月，都没再见他戴过手表。女孩子的家人意识到，小伙子的手表一定是向别人借来的。这很严重，说明小伙子不但家庭条件差，还欺骗了他们。女孩子的家人为此十分恼火，甚至在女孩子面前，流露出了退亲的念头。几天之后，小伙子又上门来了，高高挽起的手腕上，戴着一只明晃晃的手表，十分醒目。而且，从此之后，小伙子每次来，都戴着手表。

老爷子对儿子说："我就是那个小伙子。"儿子问："你戴着新买的手表?"老爷子摇摇头："我哪有钱买手表啊，那只手表，是你妈妈偷偷送给我的。"老爷子说，"后来结婚之后，你妈妈告诉我，第一次相亲的时候，你妈妈就看出来，我手上戴的那只手表是借来的，因为拧发条的螺帽，竟然对着手臂，完全戴反了，一看就是没戴过表的人。所以，那次见面之后，你妈妈就接了点私活，每天晚上，帮人家缝花边，整整缝了两个月，每天都缝到下半夜，赚了 40 多元钱。你妈妈就是用这个钱，买了一只上海牌手表，偷偷送给了我，帮我解了困……"

儿子抬头看看墙上的妈妈，正慈祥地看着他们父子。儿子的眼睛，湿润了。

时间再次停留在 8 点 35 分。那天晚上，老爷子蹒跚着走到客厅，指指手表，对挂在墙上的老太太说："还没到睡觉的时间呢，不过，今天我有点困了，先去躺一会，等会再来陪你啊。"老爷子躺下之后，就再也没有起来，老爷子平静地离开了。悲伤的儿子记得手表上的时间也正好是 8 点 35 分，只是慌乱之中，忘记了是看到老爷子腕上的手表，还是自己手上的手表。

感　应

“啪!”只要有人走进楼梯洞口，悬在过道上的感应灯，就自动点亮。大家抬头看看那盏感应灯，啧啧赞叹着。从此再也不用摸黑爬楼梯了。

有人又试了一次。这回紧贴着墙壁，蹑手蹑脚地，慢慢地轻轻地走进来，试图躲过感应灯的感应。可是，他刚刚将一只脚尖伸进楼梯洞口，感应灯就“啪!”地亮了。真是异常灵敏啊，哪怕是只蚊子从楼梯口飞进来，感应灯都会自动亮的。

晚上，几个孩子站在楼下，仰着脖子，好奇地往楼上看。有人走进楼梯口了，一楼的灯亮了；紧接着，二楼的灯，亮了；然后，三层的也亮了。四楼……没亮。说明刚才那个人，是到了三楼。太有趣了，只要看看最后灯亮到了哪个楼层，就知道来人去了几层。

神奇的感应灯。

这是一幢五层老式居民楼。过去，一到晚上，楼梯就黑洞洞的，像张着大口的怪物，让人心生恐惧。现在好了，社区统一安装了感应灯，楼梯口也像其他高档小区一样，亮化起来了。大家都很开心，特别是老人和孩子。

“啪!”不论是谁，只要走进楼梯洞口，感应灯就会自动点亮，照亮你脚下的路。感应灯，给大家的生活带来了方便和光明。

日子悄悄地流逝。每到夜晚，楼道里的感应灯就准时上岗，像一个个忠于职守的士兵。

有一天，四楼的感应灯，突然不亮了。有人走到四楼，发现四楼的感应灯没反应，于是，干咳一声，感应灯没亮；跺跺脚，感应灯还是没亮；挥舞着胳臂，上蹦下跳，感应灯仍然没反应。心想：四楼的感应灯，一定是坏了。

不久，三楼的感应灯，也忽然不亮了。有人走到三楼，发现三楼的感应灯也没反应了，干咳，跺脚，蹦跳，全无反应。三楼的感应灯，也坏了。

紧接着，二楼的感应灯，也没反应了。干咳，跺脚，蹦跳，还是全无反应。看来，二楼的感应灯，和三楼、四楼的感应灯一样，也坏了。

只有一楼的感应灯，还亮着。只要有人走进楼梯洞口，悬在过道上的感应灯，就自动点亮。

住在5楼的人，向社区反应。维修人员赶来，一检查，感应器都是好的，只是灯泡都被人拧下，拿走了。难道楼梯洞里出了贼？没办法，维修人员重新安装了灯泡。各个楼层的感应灯，又都亮起来了。

可是，没几天，四楼，三楼，二楼的感应灯，又没反应了。维修人员一检查，毛病还是一样，感应器是好的，灯泡却不见了。维修人员只好再次重新安装了灯泡。

一定有人偷灯泡，社区决定派人蹲守。没几天，就将偷灯泡的人抓住了。四楼的灯泡是四楼的一个住户拧下的，三楼的灯泡是三楼的一个住户拧下的，二楼的灯泡是二楼的一个住户拧下的。社区工作人员奇怪地问他们，为什么要将自己家门前的感应灯泡拧下来？这样于人于己，都不方便啊。

二楼的回答是："一有人来我们家，外面的灯就自动亮了，让别人看到了，多难为情啊。"

三楼的回答是："一有人来我们家，外面的灯就自动亮了，让别人看到了，一点隐私都没有了。"

四楼的回答是："一有人来我们家，外面的灯就自动亮了，让别人看到了，影响不好。"

社区工作人员仍然百思不得其解。后来一了解，社区工作人员这才恍然大悟：原来，二楼的是个交际花，三楼的是个暴发户，而四楼的，前不久刚刚被提拔当官了。

债

像以往一样，他熟练地从报摊上拿起一份晚报，一瓶矿泉水，将二元五角钱递给了坐在报亭里的她。报纸一元，矿泉水一元五角，不用找零。也是像以往一样，他们互相报以微笑。然后，他向附近的公交车站走去。

上她的报亭，买一份报纸和一瓶矿泉水，这是他每天早晨必做的一件事，成了一种习惯。

直到今天，他仍然清晰地记得第一次上她的报亭买报纸时的窘迫。

那时候，他搬到附近一个很便宜的出租房不久。交完了房租，他的手头已经不剩什么钱了。毕业之后，为了找工作，他四处奔走，工作没找到，身上的钱却花得差不多了。他焦头烂额。那天早晨，他一早就爬了起来，准备去劳动力市场先找份活做，在此之前，他都是在各个人才市场寻找的。他摸摸口袋，只剩下几个硬币了，他不敢想象，如果今天还找不到活做，他将怎么熬下去。出门，看见前面有个一瘸一拐的身影。他认识她，这个残疾女孩就租住在他隔壁，在对面的路拐角开了个小报亭。他正犹豫着要不要赶上去打个招呼，突然，他看见从她的口袋里，滑落出一个钱包一样的东西。他紧走几步，果然是个钱包。他张嘴喊她，嘴唇动了动，却什么声音也没有发出。他慌张地弯腰捡起钱包，打开，里面整整齐齐叠放着三张百元大钞。他的心怦怦直跳。看着她一瘸一拐的背影，他又张了张嘴，但终于什么也没喊出。他太需要钱了。他四处瞅瞅，早晨的马路上，空空荡荡，没人。他慌张地将钱包揣进了自己的口袋，然后，拐进了另一条小巷，他准备多走一站路，到下一个车站去坐车，他不敢看到站台不远处报亭里的她。

那笔钱帮他度过了难关。十几天后，他终于找到了第一份工作。领到第一个月工资的时候，他泪流满面，总算可以自己养活自己了。然而，短暂的兴奋之后，他却高兴不起来。那个捡来的钱包，和她一瘸一拐的身影，常常

浮现在他的眼前，使他陷入深深的自责之中。“必须将钱还给她，否则他的良心永远不得安宁，”他想，“可是，怎么还给她呢？直接将钱和钱包还给她，并说明真相？”他没这个勇气。偷偷地将钱放在她的报亭里，或者塞进出租房中？这个也太突兀了。最后，他想了一个办法，买她的报纸。

和大多年轻人一样，以前他几乎从不看报纸。那天，他第一次走近她的报亭。正在忙碌的她，从一堆报纸中抬起头，看见他，冲他笑了笑。他一脸躁红地低下了头，匆忙拿起一份晚报，丢下一元钱，仓皇地逃走。

从那天开始，每天，他都会上她的报亭去买一份报纸。他粗略盘算了下，300 元，买 300 份报纸，不到一年时间，就可以将她的钱悄悄还了。

日子在慢慢地流逝。他的工作也渐渐获得了认可，领导对他很信任，这让他无比开心。每天一早，他就会乘第一班公交车去上班，而那个时候，她的报亭也才开门，他是她的报亭第一个顾客。

一年过去了。他获得了升职，工资也涨了不少，他想搬到离公司近点的地方住。算一算，他也买了她快一年的报纸，300 元应该还得差不多了。他似乎可以离开这个让他窘迫之地了。然而，细一想，他忽然发觉自己的帐算错了，虽然买了她三百多份报纸，而她每份报纸只能挣两毛前的代销费。猛然意识到，对她来说，三百元意味着至少要卖 1500 份报纸。1500 份，该有多艰难啊。他的脸再一次躁红。

他继续租住在那儿，每天，从她的报亭，买一份报纸，外加一瓶矿泉水。等车的时候，帮她搬搬报纸，或者和她闲聊几句。晚上下班路过她的报亭的时候，顺便去张望一眼。

他不记得买过多少份报纸了，他已经习惯了这样的生活。像以往一样，他熟练地从报摊上拿起一份晚报，一瓶矿泉水，将二元五角钱递给了坐在报亭里的她。也是像以往一样，他们互相报以微笑。与以往不同的是，从昨晚开始，她已经答应，做他的女朋友。昨晚，她第一次走进了他的租房，在帮他拾掇房间时，她在抽屉里看见了那个钱包。她的眼前，清晰地浮现出那个屡屡受挫的落魄青年。她笑了笑，将钱包放回原处，也将心中那个秘密，永远埋在了心底。

上帝不会少给你一种色彩

十字星。他摒住呼吸，瞄准，扣动扳机。一团绿色，应声倒地，悄无声息地淹没在周遭绿色的海浪中。

这是一场阻击战，热带草原，因为战争，处处暗藏杀机。为了争夺这块战略要地，双方展开了持久的攻坚战，都伤亡惨重。攻坚战转为拉锯战。茂密的、绿油油的热带草原，成为天然的掩蔽所。双方都将自己的阻击手，布置在阵地前沿，伺机歼灭敌人的有生力量。

他是一名阻击手。虽然入伍才一个多月，在他的枪口下，已经有 12 名侵略者被击中。在热带草原绿色的波涛中，他能一眼就分辨出钢盔和迷彩服的绿色，与草地的区别，那是两种截然不同的绿色：一个稍深，一个稍浅；一个稍亮，一个稍暗；一个是鲜活的，一个是死寂的。他清楚地看出它们之间的区别，因而，他总能够轻易地将埋伏在草丛中的敌人，给甄别出来，然后，一枪毙命。

一团团潜伏的绿色，被他识别，看穿，歼灭。他就像一个老练的农民，果断地从庄稼地中，揪出稗子，将它们拨除。“这些侵略者，烧毁了他的家园，屠杀了他的亲人，他们就是人类的稗子。”他想。

在所有阻击手中，他不是枪法最准的阻击手，也不是埋伏在离敌人最近的阻击手，但他却是最成功的阻击手。他成功的秘诀就是：能从绿色的草丛中，找到埋伏着的伪装得与草地一模一样的敌人。而他之所以拥有这个独特的能力，是因为，他是个色盲。

没错，他是个色盲患者，一个绿色盲。也就是说，他完全不能分辨淡绿色与深红色，紫色与青蓝色，紫红色与灰色的区别。

色盲让他痛苦不堪。

因为不能辨别一些颜色。从小，他就为此吃够苦头。

过马路的时候，他无法识别红绿灯。当走到有信号灯的路口时，他只能根据来往的车辆判断是不是绿灯，或者小心翼翼地跟在其他人的后面穿过马路。有一次，他看见一个大人飞快地跑了过去，自己也跟着向马路对面跑去，突然，一声急刹车，一辆侧向行驶的小车，在离他不到一米的地方停了下来，司机怒骂他为什么闯红灯？他吓出一身冷汗，原来刚才那个大人是闯红灯的。

有一天，早上起床的时候，因为感觉有点冷，他随手从衣柜里翻出了一件灰色的外套穿上，上学的路上，路人都以怪样的眼光看着他，到了学校，同学们见到他的穿着哄堂大笑。一个要好的朋友将他拉到一边，问他，怎么穿了一件紫色的女孩的外套？他这才明白，是自己慌乱之中，没有辨别出衣服的颜色。他羞得无地自容。

最让他难看的，是一次绘画课上，老师让孩子们画一幅春天的图案。他画了草地，大树，房屋和太阳。老师让每个人展示并说明自己的作品。他向大家介绍，自己画的是绿色的草地，青色的树冠，黄色的屋顶，和红色的太阳。片刻的停顿之后，教室里突然爆发出惊天动地的笑声，原来他把颜色涂成了棕色的草地，浅棕色的树冠，黄色的屋顶，和灰色的太阳。美术老师给了他 80 分，并告诉他，你虽然不能分辨一些色彩，但你要坚信，上帝不会少给你一种色彩的。

因为色盲，很多专业被限制，他不得不放弃了继续求学，中学一毕业，就跟着父亲做了一个农民。战争爆发后，他像其他热血青年一样，报名参军，但是，体检时，因为色盲，他被淘汰了。同龄人光荣地为国而战时，他却只能默默地耕田劳作，他恨死了自己的眼睛。

正当他心灰意懒时，部队特招一批阻击手，其中竟然也包括色盲患者。他被选中，经过培训后，被派往了前线。因为绿色盲，他意外地获得了一个特殊的能力，就是从绿色的草丛中，分辨出伪装色和绿草的些微区别，因而准确地判断出敌人的方位。

战争结束后，他被授予了英雄勋章，作为阻击手，他一共成功地击毙了 38 个敌人。他的名字叫宾得，二战时盟军一名优秀的阻击手。

一只肉鸡的科学一生

一枚鸡蛋，与众多的鸡蛋一起，被放在一只孵鸡机里。经过21天的电孵化，雏鸡出壳了。它的出生和它的身世一样，都是科学的产物。没有鸡窝，没有母鸡温暖的怀抱。除了电孵化之外，煤油、沼气等等，都是今天用来孵化鸡的科学手段。

第1天。电灯光会在几个小时内，将它的绒毛烘干，不需要阳光。如果一只雏鸡鸡头鸡脑地寻找阳光，它一定会失望的，身为一只肉鸡，它这一生，见到太阳的机会几乎为零。好在它会很快适应这道科学的光芒。摆在它面前的是一盘用玉米粉和复合维生素B液混合的饲料。一只雏鸡不会明白什么叫复合维生素B液，这没关系，一只肉鸡并不需要学习。

第2天。饲养员会给它注射一针马立克氏疫苗，这基本上可以确保它的短暂的一生远离瘟疫的威胁。这一点很重要，那些农家散养的土鸡，就从来享受不到正规的现代医疗保障，鸡瘟是常事。这就是科学的大型养鸡场的优势。

第3天。雏鸡们的翅膀已经能够扑腾了，它们快乐地扇着绒毛未脱的羽翅。它们不知道，这将招来断翅之痛。饲养员将它们一只只捉住，“喀嚓”一声，将它们的翅肘关节给剪断了。这辈子，它们再也扑腾不起翅膀了。一只肉鸡嘛，你就不要做天鹅梦了。

第4天。饲养员拿来了另一个针管。我相信雏鸡和孩子一样，都害怕打针，不过，亲爱的雏鸡们，害怕是没有用的。这支名叫一针肥的针剂，将令你们这一生不但健康而且能够茁壮地长肉，在养鸡场，一切以鸡为本，一切也以肉为本。

第6天。雏鸡的食物开始发生变化，除了玉米粉之外，还有菜叶等绿色食物，这令雏鸡们胃口大开，如果雏鸡们认识字，一定更加开心。因为在它们的食谱中，还添加了一种用 0.5% 穿心莲溶液、0.2% ~0.3% 大蒜溶液或 100 倍活力 99 生酵剂混合成的“高效保健促长液”，嘿嘿，这可是保健品哦。

第 8 天。正在长大的雏鸡们开始玩耍嬉闹，你啄我一口，我挠你一爪，十分开心。是给它们断喙的时候了。每只肉鸡都难逃此厄运，它们长长的鸡喙将被切掉三分之一。断喙是为了杜绝渐渐长大的肉鸡们互相啄趾、啄羽的恶癖，安心地将精力都用来长肉吧，这才是你们的事业。

第 25 天。鸡们茁壮成长，很快进入了青春期。它们的羽毛开始变色，鲜红的鸡冠也冒了出来。鸡们开始骚动，它们开始谋划一场轰轰烈烈的爱情，没有白纸写情书，那就刨刨地，画张约会图吧。如果你是一只小公鸡，这可不是个好兆头。一把锋利的手术刀，会在几秒种之内，将你就地阉割，以确保你的处子之身，也彻底杜绝你这一生谈婚论嫁的非分之想。

第 45 天。现在，肉鸡们基本上已经长成，他们饱食终日，无所事事、一心一意地长着肉。它们长着翅膀，连扑腾都扑腾不起来；它们长着爪子，从来也没有走出过鸡舍；它们长着眼睛，连阳光都没有见过。它们所有的念头都湮灭了，埋头长肉。可是，对一个真正懂得科学养鸡的人来说，这还不够，它们的膘还不够肥，还不能卖出足够好的价钱。于是，他会进行最后一搏，拔掉肉鸡鸡翅上的长管羽毛，以将能量集中在长肉出膘上，就像给树苗打叉一样。据说这种科学的“拔毛助长法”很管用，被拔掉长管羽毛的肉鸡，每天能长肉 50 多克。至于肉鸡们，“咯咯”地惨叫几声，会很快淹没在钞票的哗哗声中。

第 60 天。肥硕的肉鸡们，出栏了。它们被送到了各个菜市场，它们不会走得太远，菜市场离人类的厨房很近。

第 61 天。在清扫鸡舍的时候，人们发现了一枚鸡蛋。看来，一定有一只肉鸡还是偷偷进行了一场恋爱。饲养员笑笑，将鸡蛋放进了一筐鸡蛋中。这枚鸡蛋，很快会被送进孵鸡机里，开始它的一生。

庖丁新解

庖丁一举成名，流芳千古，皆因宰牛宰得好。这个刽子手，曾经杀牛如麻，一把刀取了数千条牛命。如今，屠夫庖丁忽然与时俱进，回头是岸，再也不做杀牛的营生了，立志洗心革面。庖丁不解牛，没专业了，还能混得下去吗？

一日，在一家高档酒巴里，庖丁邂逅文惠君。文惠君见新时代的庖丁，拎牛皮包，穿贼亮的牛皮鞋，系牛皮裤带，披牛皮大衣，红光满面，踌躇满志，看样子小日子过得蛮滋润。文惠君遂好奇地问起庖丁近况。庖丁一直对文惠君怀抱知遇之恩，今日君臣复得相见，也不避讳，再次将自己这些年的心得体会和盘托出。幽暗的灯光下，庖丁侃侃而谈，唾沫横飞，手舞足蹈，奇哉，壮哉。

臣尝为大王解牛，蒙大王赏识，赞小臣“善哉，技盖至此乎”。小臣一直铭记在心。臣如今不再杀牛了，但臣将杀牛的经验，融会贯通，发扬广大，开了公司，办了实体，发了大财。臣还独创了一门举世无双的学问，自成一体，一言以蔽之，曰钻空子也。臣解牛之时，能够游刃有余；臣如今钻空子，更是见缝插针，针针见血，见血封喉啊。

还是那句话，“臣之所好者道也，进乎技矣。”杀牛需要技艺，钻空子更是一门学问。臣初入这条道时，所见都像一条整牛一样，铁板一块，插不上手，使不上劲，下不了刀。三年之后，臣所见再也不是铁板一块了，就像看到了牛的内部肌理筋骨一样，臣眼中所见，到处都是空缝：再严格的制度，总有它的缝隙；再严密的政策，总有它的漏洞；再严谨的法律，总有它的空子。这些，都是臣努力钻研的地方。即使制度没有缝隙，政策没有漏洞，法律没有空白，臣亦有办法，那些执行者，就是最大的空子，就是一条牛身上最大的软肋啊。为什么很多制度形同虚设，很多政策执行过程中走了样，很

多法律失去了公正，盖执行者为谋得一己之利，而没有不折不扣地执行啊。从这儿下刀，刀刀见缝；从这儿入手，手手得逞。

钻空子，也是含金量很高的技术活。依乎天然的缝隙，迎合少数人贪婪的私欲，牟取自己最大的利益；为了钻好空子，必须妄国法，昧良心，厚脸皮；走曲线之道，行迂回之术，达包抄之效；或钻，或拱，或爬。这都是钻空子者基本的素质。

一般的屠夫，一年就要换刀，臣一把刀用了十九年，依然刀刃不卷，为什么？“彼节者有间，而刀刃者无厚，以无厚入有间，恢恢乎其于游刃必有余地矣，是以十九年而刀刃若新发于硎。”今天钻空子者，亦多也，可是很多人钻来钻去，最后钻进了监狱，遭牢狱之灾。这是空子没有钻好，碰到了牛身上的大郤，遇到了世上的红脸包公，触犯了刚硬的法律。臣钻空子，审时度势，非天时地利人和，不乱钻也。遇到风声一紧，臣见其难为，“怵然为戒，视为止，行为迟”，暂时偃旗息鼓，做一回缩头乌龟，待到风声过后，臣再从老巢里钻出来。是故，臣钻了这么多年空子，拉了那么多人下水，损害了国家和那么多无辜者的利益，自己捞到了这么多好处，还能游刃有余，始终立于不败之地啊。

庖丁兴之所致，将自己这些年钻空子的心得体会悉数抖出，听得文惠君和随行目瞪口呆。言必，意犹未尽的庖丁拿起桌上的一杯酒，提杯而立，为之四顾，为之踌躇满志，一仰脖子，咕咚而尽，豪情万丈也。

文惠君站起来，曰：“善哉，吾尝闻庖丁解牛之言，得养生焉。今闻当代庖丁钻空子之言，知律制不严，漏洞不堵，祸害不除，国不能稳，民不能安焉。左右，拿下庖丁！”

失 落

早晨刚上班，办公室的楼副主任就神秘地告诉大家，昨天他看到老领导了。这有什么好大惊小怪的？大家不解。楼副主任连连摇着头说："你们不知道，我是在农贸市场看见他的，老领导拎着个菜篮子，穿着邋里邋遢，就跟你在菜市场上看到的任何一个老头老太没什么两样，一打眼，我都没认出来。"楼副主任叹口气说："你们想想，老领导在位时多威风，他哪里拎过菜篮子啊。像他们这样的领导，一旦退下来之后，很空虚，很寂寞，很失落的。"

话题就此展开。科员小胡说："那天我在街心小公园，也看到老领导了。和一帮退休的老头子，围坐在石凳子上打扑克，打得还挺起劲。那些老头子，大多是企业的退休工人，或者以前是开小店做小生意的，真没想到，咱们老领导退下来之后，只能和他们混在一起了。老领导一定是太失落了。我绕道走开了，怕老领导看到我尴尬。"

"是啊是啊，"张科长接着说，"有一天，我去学校接儿子，车刚停好，就看见学校门口，站着一个熟悉的背影，推着一辆破旧的自行车。细一瞅，这不是我们的老领导吗，他来学校门口干什么？正准备下车和他打个招呼，只见一个小女孩，背着书包，蹦蹦跳跳地跑到老领导身边。我认出来了，是老领导的外孙女。老领导笑眯眯地接过小女孩的书包，背在自己的身上，然后，将小女孩扶上自行车，一老一少，就这样骑着车走了。老领导要是在位的话，还用得着自己骑自行车接孙女吗？幸亏我没去跟老领导打招呼，不然，他一定感到很难堪。"

老黄笑着说："那天休息，我去城外的小河钓鱼，你们知道的，到那里钓鱼的，都是像我这样没权没势的人，可能半天也钓不上一条小鱼，也就是图个穷开心。我去的时候，已经有好个人在钓了。我平时钓鱼的位置，竟然已经坐了个老头，我走过去，从侧面一看，真是万万没想到，竟然是我们老领导。我知道他也喜欢钓鱼，可以前人家都是请他上养殖的鱼塘去钓的，今

天，怎么也跑到这儿来钓鱼了？和你们一样，我也不和他打招呼，怕他觉得难为情啊。”

大家一边聊，一边感慨，其实当领导也挺可怜的，在位时风风光光，呼风唤雨，等到一朝退下来，权力没了，地位没了，关系网没了，事业也没了，几乎是一无所有。难怪退下来的领导干部，都有严重的失落感，这已经成了一种普遍的现象。看到老领导现在的落魄样，大家唏嘘不已。

想到老领导在位时，对我们这些手下不薄，大家一致认为，有必要去老领导家中探望探望，安抚一下老领导。

我们几个人作为代表，来到了老领导的家中。老领导显得很开心。聊了一会儿之后，领头的吴处长委婉地问老领导：“现在的生活感觉怎么样？如果有什么需要的话，尽管吩咐我们这些老部下去做，我们会和以前一样，在所不辞的。”老领导笑着说：“我很好，从来没有现在这么轻松愉快过，你们安心工作，不用担心我。”吴处长犹豫了一下，还是一古脑儿倒出了心中的困惑：“有人看见您老拎着菜篮子买菜，有人看见您老在街心公园和老头子们打陪客，有人看见您老骑着自行车接外孙女放学，还有人看见您老跑到城外的小河里钓鱼……真有这样的事吗？”

老领导惊诧地瞪大了眼睛：“没想到我的一举一动，都被你们发现了。这些年，一直都是老太婆买菜的，她太辛苦了，现在我退下来了，总算可以帮帮她了；没事的时候，我也和公园里的老头子们打打牌，小来来，挺有意思的；女儿和女婿工作忙，我帮他们接接孩子，顺便骑骑车，锻炼锻炼，外孙女现在和我的感情好得不得了；到城外钓鱼，也有过几次，野鱼不好钓啊，但是，没负担，能不能钓到鱼不要紧，关键是开心呢。”

说完，老领导哈哈大笑地道：“现在的生活才叫生活啊，很普通，很实在，也很快乐。说真的，我从来没有现在这么放松，这么充实，这么快乐!”

真的吗？看着老领导不修边幅的样子，我们个个一脸疑惑。吴处长轻轻地说：“您老可千万别委屈了自已啊。”

老领导拍拍吴处长的肩膀，打趣说：“是不是看到我现在的生活这么充实，你们有失落感啊？”

吴处长尴尬地连连摇头。

送我们离开的时候，老领导推出了那辆有点破旧的自行车，笑呵呵地对我们说，去接外孙女。吴处长说：“要不开我的车去吧？”老领导摆摆手：“骑车感觉好。”说罢，老领导利索地骑上自行车，消失在人流之中。

复活

上帝答应他，可以让他的某个亲人，在他认为最需要的那天，复活一天。

他想都没想，就选择了让自己的父亲复活。父亲六年前因病去世了。其时，他的孩子小学还没毕业，他刚刚贷款在城里买了套期房，妻子终于重新找到了一份工作，他即将获得升迁……一切都慢慢走上正规，开始好起来。他原本想，等新房子一拿到手，简单装修一下，就立即将远在故乡的父母接到城里来，和他们在一起住上一段日子，父母在乡下苦了一辈子，该让他们歇歇了。可是，还没等到那一天，父亲突然查出得了绝症，不久就撒手人寰。

父亲一次次出现在他的梦中，但每次都没来得及和父亲讲上几句话，梦就醒了。人到中年，他忽然发现，自己有越来越多的话，想和父亲谈谈，他想告诉父亲，孙子今年已经读高三了，即将参加高考，孩子的成绩很好，一定能考上一所比自己当年考上的大学强得多的大学。新房子很大，有四个房间，当初买这套房子的时候，其中的一间，就是预备留给父亲和妈妈来住的。前几年，自己也买了辆私家车，每天开着它上班，接送孩子上学，比过去骑自行车真是方便多了，如果父亲还健在的话，他就会让父亲坐在副驾驶上，带他出去兜兜风，好好地看一眼他工作和生活的这座城市。父亲一辈子都没坐过小汽车，他一遍遍想象着，父亲坐在副驾驶上，激动得像个孩子。他早就升职了，在单位有一间独立的办公室，里面还有沙发，要是老父亲在沙发上坐一坐，听他讲一讲自己工作上的事情，老头子该有多开心啊……

他这一切美好的愿望，都无法实现了，父亲永远地离开了他。感谢仁慈的上帝，答应让他的父亲复活一天。他想，一定要选择一个最重要的日子，让父亲复活。

那么，到底选择在哪一天呢？

儿子马上就要高考了，他想，等到儿子拿到大学录取通知书的那天，让父亲复活。还有什么能比看到自己的孙子长大成人了，有出息了，更能让老

爷子开心的呢？他至今清晰地记得，当二十多年前，邮寄员将大学录取通知书送到乡下他那破旧不堪的家里的时候，父亲黝黑的脸，憨憨地笑得比那天的太阳还灿烂。如今孙子也上大学了，这肯定能让老父亲更加高兴。他想好了，一定要多拍一些照片，将老父亲的一举一动都记录下来，过去留下的父亲的影像，太少太少了。

转念一想，也许还是再等一等，等到儿子结婚那天，再让老父亲复活？要不了几年，儿子就会大学毕业了，这小子聪明能干的很，一定能找到一份理想的工作，还会寻找到一个善良、美丽而贤惠的女孩子，和她结婚。他一定要将儿子的婚礼，办得隆重而有意义。他想起自己结婚的时候，因为没有婚房，还是在乡下老家办的喜事。那时候家里太穷，他的婚礼办得很寒酸，即使是这样一场婚礼，父亲也不得不将口粮都拿去卖了。他不怪父亲，供他上大学，就将本已捉襟见肘的家底都掏空了，哪里还有钱为他大操大办一场婚礼？今天，他已经有能力将自己儿子的婚礼，办得像样一点，他想，老父亲一定会同意他的想法的，因为这是两个男人一致的愿望。那天，他要让老父亲体面地出现在每一位亲朋面前。

当然，还有很多重要的时刻。比如自己去年获得一项全国大奖的时候，那是他这辈子获得过的最高荣誉了，他多想让父亲和他一起分享那无比快乐、无比自豪的一刻啊。比如儿子 18 岁成年礼那天，他作为家长出习，他没想到这个仪式，会搞得那么隆重，当时，他就想，要是自己的父亲，孩子的爷爷还活着，看到这一幕，该有多欣慰啊。比如他的又一本新书出版的那天，这是他的第五本书了，父亲虽然不识什么字，但对文化人向来很敬重，如果能亲手送一本散发着清香的新书，奉送给父亲，或者为父亲读上一段，他就没有什么遗憾了……

希望与父亲分享的时刻，实在是太多太多了，他实在无法作出取舍。而当这一幕幕像电影一样从他脑海闪过的时候，他突然意识到，其实，根本不需要什么重要的时刻，就在此时此刻，如果父亲能复活，他能和父亲面对面地坐在一起，随便聊几句，他就会因为无比满足，而泪流满面。是的，任何时间，任何地方，任何情况下，只要能再见父亲一面，只要能让他再喊一声“爸爸”，他都愿意……

他匆匆地写到这里，为他虚构的这一幕划上句号。他已经打算好了，马上就去火车站，买一张一班最近的火车票，回家探望依然寡居在老家的祖屋里已经年迈的母亲。

稀缺资源

又一个骗子露馅，落网了。警察在搜查骗子的住所时，意外地获取了一个笔记本。本子里记载的都是骗子写的心得体会。原来，这些年骗子一直在研究一个课题：什么是当下最稀缺的资源？并依此行骗，竟然屡屡得逞，从未失手过。记者闻讯在看守所内对骗子进行了采访。

记者："听说你一直在研究一个课题，什么是当下最稀缺的资源。怎么想起来研究这个？"

骗子："谈不上研究，只是这些年自己的一点心得体会。我之所以要搞清楚什么是最稀缺的资源，就是想迎合大家的需要，好开展我的工作。（低下头）也就是行骗。"

记者："能谈谈你的研究成果吗？"

骗子："可以。（抬起头）我大致梳理了一下，是这样的。1980年代，那时候刚刚改革开放不久，物质比较匮乏，所以，最稀缺的资源是各种紧俏物资的票证。比如手表票，电视票，电话票，等等。我就对别人谎称，我的叔叔的表哥的姐夫是大能人，什么票证都能搞到。为了让大家相信，我先帮人弄到了几张彩色电视机的发票。其实，那几张票证都是我花高价从别人手中买来的。很快，大家就都相信我了，有人托我买这个，有人求我买那个，就这样，前后有几十个人相信了我，并有求于我。（看着铁窗外）那是我人生中第一次辉煌时光。"

"到了1990年代，物质开始丰富起来，基本上不需要票据了，不过，很快我就发现，什么是那个时代最稀缺的资源了，那就是户口和工作。那个年代，很多人都想弄个城市户口，有户口的又特别想找到一个好的工作。我就四处都别人说，我妻子的弟媳妇的伯伯是大干部，什么事情都能办成，户口和工作，那都是小菜一碟。一开始，也没什么人相信我，因为我自己就没个

正经的工作。于是，我先包装自己，想办法买了套警服，跟别人说我妻子的弟媳妇的伯伯将我安排进了派出所。大家一看我真的穿上了警服，当上了警察，就都相信我了，大家争相来和我拉关系，大把大把的钱送到我手上，求我为他们办城市户口，或者给孩子安排工作。那时候，我家真是门庭若市啊。”

记者：“你都帮他们办成了？”

骗子（犹豫了一下，摇摇头）：“当然办不成，除了开始几件，我花大钱求人帮忙的办成了之外，后面的就都没办成。有人因此举报我，因为冒充警察，我被判了两年。（向记者讨了一根烟，点着）从监狱出来之后，时间也到了这个世纪初，户口忽然变得不值钱了，找工作的情况也变了，我就在琢磨着，什么是眼下最稀缺的资源呢？现在的人，变得务实了，虚的东西不行了，人人急于脱贫致富，我发现，股票啊，房子啊，专家啊，这些东西，都成了人们口中的热词。这个时代最稀缺的是什么，就是让人发财致富的信息啊。我于是四处对大家说，我小姨子男朋友的爸爸是一家跨国公司的高管，能掌握股票内部信息，能买到便宜的房子，能搞到医院的专家号。别说，还真有不少人相信了，有人向我咨询买哪只股票，有人托我低价买房子，有人求我弄个医院的专家号，有人……（吐了一个大大的烟圈）我告诉他们，只要钱到位，什么事我都能摆平，办成。你看看，这几年，我开豪车，出入豪华酒店，越有派头，别人越相信你。”

记者：“这就是你的研究成果吗？似乎也没什么复杂深奥的东西啊。”

骗子（掐灭了烟蒂）：“你说得很对，根据我的研究，所谓的稀缺资源大同小异，无非人们对物质的无止境欲望。其实，真正稀缺的资源并不是这些。”

记者：“那是什么？”

骗子：“不贪。（大声地）那么多人，一次次被我骗，上我的当，为什么？就因为他们有太多的欲念，太多的贪求。如果大家都不贪小便宜，不占不净之财，不求不义之愿，我和我的伙伴们，又怎么能一次次得手呢？”

记者（若有所思地点点头）：“谢谢你接受我的采访，那我告辞了。”

骗子：“不客气，等我出去之后，我们多联系。（忽然瞅瞅大门，压低嗓门）你们报社的总编是我非常铁的哥们，代我向他问好。”

记者（犹疑地停下了脚步）：“哦，是吗？我们再聊聊……”

自助餐

吃过早饭，就要退掉宾馆房间，回去了。大家都心知肚明，早上的自助餐将是此行最后一次在黄局长面前表现的机会了。

走进餐厅，眼明手快的小王就抢先为黄局长拿了一只盘子，然后屁颠屁颠地跟在黄局长的身后，黄局长需要什么食物，他就帮着拿什么。这次出差，小王为黄局长鞍前马后，表现可圈可点，拎包、端茶杯、点烟、开车门，都是小王一手包办了，别人根本插不上手。看得出，黄局长对小王体贴入微的照顾，还是很满意的，不时流露出赞许的眼神，这让小王心花怒放。很快，盘子就堆满了各种各样黄局长喜爱的食物，看着盘子里的食物，小王就像看见金灿灿的乌纱帽在向自己招手。单位要提拔一名办公室副主任，初步确定就在此行的人员中产生，因此，看似普通的出差，实际上成了领导的一次现场考察。

为黄局长拿好食物，等黄局长开始吃早餐了，小王才匆忙去为自己拿吃的。几个人陆陆续续拿好各自的食物，都围在黄局长的身边坐下，埋头吃早饭。吃到半途，小李忽然站了起来，走开，不一会儿，小李端来了一盘新鲜的水果，恭恭敬敬摆放在黄局长面前，里面有哈密瓜、冬枣、橙子，都是黄局长爱吃的。小王不屑地看了一眼小李，这个小李，特别善于拍领导马屁，虽然动作比自己慢半拍，但心思绝对缜密，总能投领导所好，因此时有事半功倍的效果。比如昨天晚上，几个人陪黄局长玩牌，玩到夜半，黄局长忽然发现，自己的烟抽完了，深更半夜的，店铺都关门了，出去也买不到了，偏偏他们几个又都不抽烟，身上自然都没带烟，这可怎么办？又是这个小李，变戏法一样从包里拿出了两包软中华，说是恰好前几天参加同学的婚礼，同学送的喜烟。这两包烟，成了黄局长的及时雨。小王心里清楚，哪里是什么

喜烟啊，分明是小李早就准备好的。虽然只是两包烟，但功效怕是比平时送两条，还让领导印象深刻。

小王偷偷环顾了一下，他们几个人中，最没有竞争力的，就是此刻正在埋头顾自吃东西的小赵了。这个小赵，不但反应迟钝，木里木讷，似乎从来也不懂得拍领导马屁，还不时惹出些小麻烦。就在不久前的一天晚上，还因为酒后驾驶，并出了点事故，结果被拘留了两星期。这家伙平时滴酒不沾的啊，怎么偏偏在这个关键时刻，犯如此低级错误呢，看来小赵是一点点希望也没有了。少了一个竞争对手，小王不禁对小赵心生怜悯，都啥时候了，还只知道吃吃吃，吃得跟头蠢猪似的，挨杀啊。

当然，小王心里也明镜似的，仅凭为领导拎包倒水这些琐碎的表面工作，是远远不足以打动领导的芳心的，看不见的较量，往往更激烈。小王通过多种途径打听到了，前段时间，小李就乘月黑风高之夜，偷偷上了几趟黄局长的家门。据说，黄局长家这些日子多出来的几幅字画，就都是小李送的。这个狗东西，真能投领导所好啊。不过，小王自己也没闲着，他知道黄太太是个新潮人士，所以，他已让老婆陪黄太太逛了几趟街，黄太太买了一只 LV 包，一只刚上市的苹果 4S，都是自己老婆刷卡的。虽然卡上那点工资，被刷得差不多了，但小王觉得值得，只要戴上副主任这顶帽子，损失很快会夺回来。

不一会儿，小王和小李，都吃光了自己盘里的食物，饱了。黄局长也用好了早餐，还有滋有味地品尝了几块新鲜的水果，但面前的盘子里，还剩下不少食物。小赵还在埋头吃着，几个人都等着他。服务员过来将小王和小李面前的盘子，收拾掉了，看了看黄局长面前的盘子，服务员犹疑地看了黄局长一眼，黄局长有点尴尬地笑笑，服务员走开了。这时候，小赵吃完了自己盘子里的东西，抬头，看见黄局长面前的盘子，轻声问黄局长："您吃好了吗？"黄局长点点头。小赵笑着说："我还没吃饱，那您把盘子剩下来的东西给我吃吧，省得我再跑去拿了。"黄局长微笑地点点头，还夸了一句："小伙子饭量大，好事啊。"小赵将黄局长面前的盘子，拿到自己面前，又顾自吃起来。小王和小李，都诧异地看着他，这家伙饭量真大啊，胃口也真好啊，黄局长吃剩下的东西，竟然也能吃得那么香。

在几个人的注视下，小赵将黄局长的盘子，也吃得干干净净，然后打了

一个很响很响的饱嗝。这时候，服务员又过来将盘子收拾掉，并朝黄局长友好地笑了笑。餐厅里流淌着舒缓的音乐。

几天之后，单位公布了新提拔干部名单，小赵被提拔为办公室副主任。据说，提拔小赵的理由是，办公室副主任不但要善于为领导提供服务，还得在关键的时候，能够站出来为领导分担。小王和小李，无论如何也不相信这个事实，难道就是那次自助餐上，小赵帮黄局长将盘子里剩下来的食物都吃掉了，使领导避免了一次尴尬？

通过多种渠道，小王和小李打探到了一个未经证实的消息，小赵那次因酒后驾驶被拘留，是顶了黄局长的包。

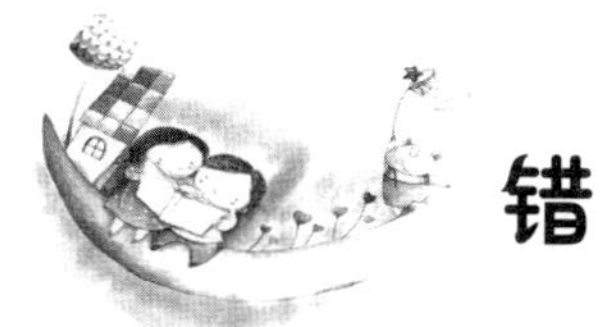

错　位

同事小刘的儿子，是个小学生，放学后，经常到我们办公室来，一边做作业，一边等爸爸下班，一起回家。像所有的父亲一样，小刘对这个宝贝儿子寄予了无限的希望。小家伙很聪明，也很调皮，经常能听到小刘在办公室大声地教育儿子。

另一位同事老赵，儿子已经上大学了，读的是一所重点大学的热门专业。儿子是老赵的骄傲，虽然从未在单位见过，但从老赵的口中，我们还是听说了他的许多故事，小伙子从小就听话，爱学习，成绩一直名列前茅。老赵的儿子，是我们很多同事，教育孩子的范本。儿子到外地上大学后，老赵经常在办公室给儿子打电话，嘘寒问暖，反复叮咛。

每次听到小刘和老赵，一个现场，一个通过电话，在教育儿子，我们都会发出由衷的感慨："真是可怜天下父母心啊。"听多了，恍然发现一个有趣的现象，这一老一少对于儿子的教育和嘱咐，竟然如此不同，如此颠倒——

小刘经常教育他的小学生儿子，一定要从小树立远大的理想，有理想有抱负有梦想的男人，才会有大出息。有一次，几个女同事逗小家伙玩，问他长大之后想干什么？小家伙歪着脑袋认真地说："长大之后，我就想跟学校门口的王老伯一样，开一家小卖部，一边卖东西，一边上网玩游戏，多惬意啊。"小家伙的话，恰好被小刘听到，小刘气得脸色铁青，当着众人的面，将儿子骂了个狗血喷头："你的远大理想呢，你的宏伟抱负呢，你的人生目标呢？"一连串的诘问，将小家伙吓得面如灰土，赶紧吞吞吐吐地说："我说着玩的，我的理想还是考上名牌大学，做一名科学家，为人类造福。"

从来没有听到老赵在电话里，和儿子谈理想谈人生，倒是经常听到老赵在电话里，忧心忡忡地和他的大学生儿子分析就业形势，老赵一遍遍叮嘱儿子，一定要实际点，不要好高骛远，大学一毕业，赶紧参加公务员考试，多考几场，不管是什么职位，也别管专业对不对口了，只要考上了公务员，就算是端上金饭碗了，这辈子就衣食无忧了。老赵时常挂在嘴边的一句话是："一辈子不就图个安耽稳定吗，别的都是假的，有个安稳的工作，体面的单位，不错的收入，比什么都强。"

每天儿子快放学的时候，小刘都会去学校接他，学校离我们单位并不远，但小刘不放心儿子一个人穿过马路，也不舍得儿子自己背那么重的书包。每次都是小刘将儿子的书包背在身上，有时候，胳膊上还搭着儿子脱下来的衣服。到了办公室后，小刘给儿子安排的惟一一件事情，就是做作业。在小刘看来，没有什么比学习更重要的事情了。他经常苦口婆心地对儿子说，只有成绩好，才能上好的中学，上了好的中学才能读好的大学，好的大学出来才能找到好的工作。除了学习之外，什么事情你都不用管。下班了，也是小刘将儿子的书本收好，然后，小刘背上儿子的书包，一只手拿着自己的公文包，父子俩一起回家。

老赵在电话里一遍遍叮嘱儿子："天冷了，要记得自己加衣服哦。羽绒衣的钮扣掉了？那送到裁缝店请裁缝师傅帮你订一下，师傅不肯接活？那、那你邮寄回来，让你妈妈帮你缝好再寄回给你。要不，干脆你再买件新的吧。天气干燥，记得多吃水果哦，吃苹果记得要削皮，怕有农药残留。还不会削苹果啊？说到这里，老赵沉默一会，轻轻叹了口气，嗔怪地对大学生儿子说，你都二十多岁了，这些小事也该学着自己做做了。是啊是啊，都怪你妈，小时候什么事情都舍不得让你做，害得你现在什么活都干不了。还有啊，别老躺在床上只晓得看书了，有空的时候，你也打打球嘛，锻炼锻炼身体，别小小年纪，看起来比你老爸还老气横秋。"挂掉儿子的电话，老赵会重重地叹口气："现在的年轻人啊，连照顾自己都不会，真让人不省心啊。"

秘密通道

黄四发了之后，仿造美国白宫的样式，建起了一座气派的办公大楼，轰动一方。所有有幸走进去过的人，都叹为观止。在整座大楼中，最豪华的，自然是黄四自己的董事长办公室，里面设施不但一应俱全，而且极尽奢侈，据说连卫生间的座便器，都是18K金精心打造的。

不是随便什么人，都能走进黄四的办公室的，就算能常进入的人，也不知道黄四的办公室还有一个秘密通道。当初设计这座大楼时，黄四刚刚去了一趟浙江省江山市，游览了国民党军统特务头子戴笠的故居。故居里有一个秘密通道，是特务头子戴笠的逃生通道。受到启发，黄四要求设计人员在他的办公室里，也建造了这样一个隐秘的通道，以备急用。黄四倒不是像特务头子戴笠那样，怕人暗杀他，但是，一夜暴富之后，虽然出门有保镖，进门有保安，黄四对自己的安危，还是有一点担心，总是担心被穷凶极恶的歹徒盯上。有了这个秘密通道，即使歹徒冲进来，自己也可以从容脱身。

安全通道一直没派上用场，直到那天晚上。黄四和往日一样，在外面花天酒地之后，带着一个刚结交的时尚女孩一起，走进了自己的办公室。他的办公室，比五星级宾馆还舒适，是他的第二个家。每次结识了新女孩，他从不住宾馆，在黄四看来，宾馆一点不安全，自己的办公室就不一样了，门口有保安严密把守，陌生人根本进不来，从未出过意外。

那天晚上，黄四照例搂着美女的腰，大摇大摆走进了自己的“龙宫”。黄四正在和美女洗鸳鸯浴呢，突然大门保安打来了电话，说黄太太大驾光临，要到董事长办公室拿个什么东西。保安的电话，让黄四惊慌失措。黄四有今天，全靠自己的太太，在家里，黄四极力装出一副好老公的样子。每次在办公室鬼混，他都是骗太太出差谈生意去了。今天早上他也是这么跟太太说的。

走廊里的脚步声，越来越近，黄四和美女各自抱着衣服，不知道往哪里藏，情急之下，黄四突然想起了从未用过的秘密通道，赶紧拉着美女，打开机关，慌慌张张地躲进了秘密通道。

幸亏秘密通道，让黄四躲过了一劫。只是秘密通道久未使用，里面肮脏不堪，成了老鼠的家，让黄四逃跑时很狼狈。这次事件之后，黄四嘱咐亲信从外地请来了几个民工，将秘密通道重新修缮清扫。之所以从外地请民工，是担心这个秘密通道被暴露。此后，黄四多次利用这个秘密通道，成功地逃脱了太太的跟踪，还成功地帮助黄四摆脱了几次其他的麻烦。秘密通道，为黄四立下了大功。

由于荒淫无度，根本无心打理企业，黄四的生意一落千丈，曾经庞大的集团，成了一个空壳子，早就资不抵债了，连工人的工资，都快半年没发了。黄四一次次允诺，一次次落空，后来干脆连人影子也见不着了。眼看着就过年了，连回家的火车票都没钱买的工人们，四处寻找黄四讨要血汗钱。那天，有个工人发现化了装的黄四，偷偷溜进了自己的办公室，很快，几百名工人拥进了黄四的办公楼，将黄四的办公室围得水泄不通。

黄四这次冒险回来，是准备卷款潜逃的。没想到还是被工人发现了，眼见情形不妙，黄四一边命令亲信继续想办法用谎言稳住工人，一边将企业从银行贷来的最后的几十万现金，全部装进手提箱，然后，悄悄地打开了秘密通道的机关。黄四夹着装满钱的手提箱，仓皇地向通道尽头走去。只要走出这个通道，出去就是厂外了，自己就可以神不知鬼不觉地溜走。

终于走到通道尽头了，黄四像以往一样，悄悄地打开了门，门外就是繁忙的街道，他的司机按照他的吩咐，等候在那里，就可以坐上车，直奔机场了。

黄四抱着装满钱的手提箱走了出来。

黄四傻眼了。他做梦也没有料到，秘密通道的门外，竟然堵着几十名愤怒的工人。看见黄四，众人一下子将黄四团团围住。

在面对质询时，垂头丧气的黄四不甘心地问，秘密通道是怎么被发现的？一名工人大声地说："那年你从外地请民工来为你清理修缮秘密通道，我就是其中的民工之一。我后来慕名来到你的工厂打工，实指望跟着你能有好日子过，没想到你会把一个好端端的企业给葬送掉。"

原来是这样。黄四耷拉了下脑袋。

悬浮的局长

手机又急促地响起来了。楼局长愠怒地扫了一眼，又是技术处的汪处长打来的。这个手机号码，知道的人不多，除非有特别紧急的事，否则，谁也不敢轻易拨打这个电话。这次局长到马尔代夫度假，除了几个心腹，没人知道。怎么才到马尔代夫三四天，电话就追过来了？走之前都悄悄安排好了的，能有什么事呢？

楼局长接通了电话。汪处长急急巴巴地说：“局长，您总算接、接电话了，事情紧、紧急啊！楼局长没好气地问，能有什么大不了的事情？”汪处长咽口唾液：“局长，您前、前脚刚走，后脚就连、连续下了几天大雨。”楼局长鼻子哼了一声：“下雨关我屁事！难道局里被淹了吗？那倒没有，汪处长又咽了口唾液，大雨既没淹了咱局里，也没有淹了您家，可是，大雨淹了好多农田和民舍，几千人受灾。”楼局长不耐烦地打断了汪处长：“别罗里罗嗦了，你就直说，跟我有什么关系吧？”汪处长舔舔嘴唇：“是这样的，受灾之后，各个部门的领导，都亲自上了抗洪一线，这几天媒体上到处都是领导们亲临一线的报道，我们局不能没动静啊。对啊，这种时候，自己作为局一把手，可千万不能临阵缺席。楼局长心一紧，放缓了语气，对汪处长说，那就赶紧照老办法处理一下嘛。”汪处长连连点头：“黄副局长、牛副局长和朱副局长一起去了抗洪一线，我们也抓拍了他们在现场的照片，效果很好。”楼局长哈哈乐了：“那就好了，你们再处理一下，不就结了？”

楼局长刚刚悬起来的心，又放了下来。这不是什么难事。那次，上级来检查基层安全生产情况，除了听取汇报外，还要求提供领导重视现场检查督促的图片资料。局领导平时都很忙，哪有时间亲临施工现场和工地？补拍是来不及了，情急之下，还是办公室的小汪想了个妙招，在资料库里找到几张某施工现场和工地的照片，然后，将楼局长和黄副局长等人参加剪彩的照

片，进行了处理之后，PS在了施工现场和工地的照片上。你还别说，这个小汪的电脑PS技术，那可真是一流，完全看不出处理过的痕迹，至少检查组的人，是没发现。事后，楼局长决定加大对新技术的重视力度，新成立技术处，提拔小汪当了处长，并为技术处配置了苹果电脑、照相机和最新的软件。楼局长在全体大会上感慨地说："科学技术是第一生产力，我们必须清醒地认识到这一点，并予以非常必要的重视啊。"

汪处长不负局长重望，将技术处的工作做得有声有色，尤其让楼局长深感满意的是，汪处长苦心建立起来的数据图片库。这个数据图片库里，都是楼局长的照片：有的是局长蹲在机床前，和汗流浃背的工人聊天的；有的是局长挽着裤脚，站在地头，和老农拉家常的；有的是局长戴着安全帽，在施工现场挥手指点的；有的是局长拎着油壶，到敬老院看望孤寡老人的；有的是局长端着饭盆子，在职工食堂里和一线员工共餐的……为了拍摄这些照片，汪处长请来了市里最高档影楼里的摄影师和化妆师，集中拍摄了一个星期，将所能想到的场景，都拍了下来。而作为演员的楼局长，也是演得惟妙惟肖，你根本看不出来，他是在演戏。这是不是演戏的最高境界？别小看了这个数据图片库，自从有了它之后，无论是报纸，还是内部通讯，需要楼局长什么样的照片，只要将数据图片库里对应的楼局长影像调出来，再PS到所需要的场景中去，楼局长就出现在了任何需要他出现的场合。楼局长的名声和威望，随着数据图片库的建立和运作，而逐步确立并远播。

"那赶紧照老规矩去办吧。"楼局长叮嘱汪处长。汪处长吸了吸鼻子，懦懦地说："是这样的，数据图片库里惟独没有您在水中的照片，其他照片又与抗洪主旨不符，我也难为无米之炊啊。"楼局长一听，呵呵笑着说："这还不简单，我正躺在马尔代夫金黄色的海滩上，身边就是蔚蓝蔚蓝的大海，我这就到海里去，拍张照片，然后用手机彩信发给你，不就行了吗?"说罢，楼局长跳进海里，让陪同他来游玩的她用手机拍了一张，然后，立即发给了汪处长。

第二天该局的官方网站上，刊发了一张楼局长和黄副局长、牛副局长、朱副局长等领导亲临抗洪一线抢险救灾的照片，照片中，几个局长站在水中，组成了一道人墙，阻挡着涛涛洪水。这张照片，真是太震撼，太惊心动魄，太感人了！

跟帖都是赞美声。第128楼，有人发现并提出：楼局长身边的水，怎么会那么蓝那么蓝，比游泳池的水还蓝。紧接着有人指出：这张照片是PS过的，PS的人，只顾着处理楼局长的人像，而忽视了他身边的水。一时间，这张照片在网上疯传开来。

结局据说是这样的，楼局长从马尔代夫回国，一下飞机，就被请走了。

鉴定

“古师傅，请帮我们把这幅画鉴定一下，看看真伪。”古天仁摘下老花眼镜，面前站着两个穿制服的男人，他认出来了，是反贪局的。

打开画轴，古天仁的心“咯噔”一声，这幅画太熟悉了，此前他已经两次接触过这幅画，都是拿来让他鉴定的。古天仁慢慢收起画，对两位制服男说：“我细细看看，你们明天来拿鉴定结果吧。”

送走了制服男，古天仁的心是五味杂陈。眼前的这幅画，可谓他的财神，光前面两次的鉴定费，就已达到了六位数，是他以前一年的收入。但这幅画也让他感到一丝尴尬。在这个偏僻的城市，他算是这行的权威了，因为市场不景气，为了生存下去，他也不得不时而昧着良心出具一些虚假的鉴定书，就是将赝货贴上真品的标签，他因此得到了不菲的鉴定费。为此他也自责、不安、愧疚过。不过，时间一长，次数一多，也就慢慢麻木了。但是，这幅画的鉴定，与以往都不同。

古天仁清晰地记得，第一次拿这幅画来鉴定的，是个穿着华气，却俗得掉渣的老板，一看就是一个爆发户。对这类人，古天仁多半是看不上眼的，除了钱，他们几乎一无所有，对这类人，古天仁也从不心慈手软，能宰就宰，能杀多少就杀多少。老板拿出来的画，却让古天仁眼前一亮，他以为这家伙又像以前碰到过的那些老板一样，拿幅假字画来让他出具虚假的鉴定书，然后拿去蒙人，他绝没想到，这个人拿出来的这幅仕女画，竟然是一幅销声匿迹了很久的明代真品。古天仁再一次对着台灯，用放大镜仔细地看了一遍，绝对没错，画角那枚暗章隐约可见，这是一般人根本看不出来的暗记。古天仁平静一下心情，故意慢条斯理地说：“这幅画有点像真品……”还没等他说完，老板粗着嗓门打断了他的话：“那还用说，这是我在国外拍卖行花了二十多万美金拍来的，当然绝对是真品。但我想请你出具一个鉴定书，说它是高仿品。”古天仁不敢

相信自己的耳朵，把一幅明代真品，鉴定成高仿品？老板压低嗓门："不瞒你说，这幅画我是要送人办事的，如果是真品，怕他不敢收，你知道，光收受这幅画，就够坐十几年牢了，而如果是高仿品，就不值几个钱了，也就没什么风险了。"古天仁疑惑地看着老板："这样虽然安全，但你高昂的心意，岂不是白费了？"老板哈哈一笑："这你就错了，我要送的这个人，对字画非常有研究，他会识货的，而且，关键是咱俩都心知肚明。"

就这样，古天仁出具了第一份将真品写成赝品的鉴定书，老板给了他一大笔鉴定费。每每想起这事，古天仁就忍不住摇头叹息，这个社会，真真假假的事情真是太多了，连他这个鉴定师，也犯糊涂了。

没隔多少日子，古天仁竟然意外地又一次见到了这幅画。拿来鉴定的，是一个看起来富态而威严的中年男人。未等古天仁开口，中年男人以不容置疑的口吻对他说："你前面那个鉴定书我留下了，这次你也不用细看了，这是幅真画，你给出具一份鉴定书吧，鉴定费好说。""看来这幅画就是那个老板送给他的，那他为什么又要出具另一个鉴定书呢？"古天仁一时没缓过神来。中年男人看出了他的疑虑，轻声而严厉地说："这幅画我要送给一个德高望重的老领导，剩下来的事情，你就不需要知道了吧。"古天仁小鸡啄米般点着头，很快就出具了一份鉴定书。

万万没有想到，这一次，这幅画竟然跑到了反贪局。很显然，有人东窗事发了。"会是在谁的手上，出的事呢？"古天仁一时不得其解。正当古天仁倚躺在太师椅里胡思乱想的时候，一位衣着时尚浑身珠光宝气的妇女，推门走了进来。妇女径直走到古天仁面前，也不说话，而是从 LV 包里拿出厚厚一大叠钞票，推到了古天仁的面前。古天仁惊愕地瞪大眼睛，不知其意。妇女回头看看，悄声对古天仁说："听说有人将一幅仕女画送来请你鉴定？"古天仁迷茫地点点头："你怎么知道的？"妇女微微一笑："你不用管我怎么知道的，你只要明白一点，那是一幅假画，赝品，高仿品！这是鉴定费。等事情平息了，另有重谢。"

古天仁这回总算明白过来了，这是来收买我啊。古天仁轻轻将那叠钞票推了回去，声音平静而坚定地对妇女说："鉴定费已经有人付给我了，我会如实鉴定的。"

浑身珠光宝气的妇女，神色落寞地离开了。古天仁坐在太师椅里转了一圈。"这一次，我一定要还一个鉴定师的本色！"他在心里坚定地对自己说。

喜 糖

他小心翼翼地剥了一颗喜糖，放进嘴里，像以往一样，甜蜜感立即漫布全身。他太喜欢喜糖了，这些包装精美的糖果，是他的最爱，也是他惟一能够吃到的美味。家里太穷了，爸爸因伤躺在床上，已经一年多了，家里可怜的积蓄都拿去为爸爸救治了，还拖了一屁股债，全靠妈妈那点微薄的工钱，养家糊口，支撑着这个风雨飘摇的家，还要供他上学。虽然他读的是民工子弟学校，学费不算太高，但他知道，对他家来说，这仍然是个沉重的负担。所以，从上学的第一天开始，他就没向妈妈要过一分钱的零花钱，也没像其他同学那样，在校门口的小卖部，买过一袋零食。但他并不感到有什么委屈。因为，他有好吃的喜糖。每隔一段时间，妈妈就会带回来一两袋喜糖，妈妈告诉他，是她参加一个叔叔，或者阿姨的婚礼，发的。妈妈人缘最好了，要不然，为什么总有人请妈妈去参加他们的婚礼，并发给她那么好吃的喜糖呢。

不过，今天有比喜糖更让他快乐的事情，妈妈答应她，带他一起去参加一个阿姨的婚礼。这还是进城之后，妈妈第一次带他去喝喜酒呢。他既激动，又忐忑。小时候在乡下老家，他也是喝过喜酒的，还当过金童呢。可是，那都是在熟悉的亲戚或邻居家。今天，却是和妈妈一起去参加一个陌生的城里阿姨的婚礼，而且，妈妈说了，像所有参加婚礼的人一样，他也会得到一份喜糖。为此，昨天晚上，他就兴奋得没睡好觉。

妈妈翻箱倒柜，也没为他找到一件合身的新衣服，这一年，他的个子长了不少，以前的衣服都短小了，也没买过新衣裳。不过，去年刚上学时发的宽大的校服，现在倒是正合身了。妈妈愁着脸，他对妈妈说：“那就穿校服吧，我最喜欢校服了，多精神啊。”他看看妈妈，也只是换了一件干净的旧衣裳，他知道，妈妈更没新衣服。

妈妈领着他，换乘了几趟公交车，最后，来到了一座高大的酒店前。

酒店门前，停满了小车。酒店的门，竟然是旋转的，他紧紧地拽着妈妈的手，晕头转向稀里糊涂地被转了进去。他抬头看看妈妈，好象对旋转门很熟悉的样子，也许妈妈经常走这样的门？妈妈在哪里工作，一直没告诉过他，他只知道，妈妈经常要忙到很晚，才能回家。站在旋转门后的保安，还冲妈妈笑了笑，他好象认识自己的妈妈似的，这让他很自豪。

一群人站在酒店的大堂，在迎接客人。他看出来了，穿得像天仙一样的阿姨，就是新娘。不停地有人走过去，和新郎新娘握手，拍照片，还送上一个大大的红包。妈妈拉着他的手，站在一边，他感觉到妈妈的手心上，渗出了一层汗水。忽然，出现了一个短暂的空挡，没有其他客人。妈妈拉着他，快步走了上去。妈妈结结巴巴地对新娘说："你是胡局长的女儿吧？"新娘疑惑地看着妈妈，点点头。妈妈从怀里掏出一个已经揉得皱巴巴的红包，我是那个受伤的老王家的，胡局长知道我们的，这是我们的一点小意思，恭喜你啊。旁边有人将红包接了过去，对他们说："婚宴在四楼的金帝厅。"妈妈连连点着头，拉着他退了下来。他不明白，为什么妈妈要提到爸爸，而且，妈妈也送了红包。

往四楼走的时候，他问妈妈："喝喜酒的人都要送红包吗？"妈妈点点头。他又问妈妈："咱们家不是没钱吗？"妈妈叹口气，没说话。他突然挣脱妈妈的手，那我们为什么要来参加这个婚礼啊？妈妈回头看看，没人，蹲下身，压低嗓门对他说："爸爸的工伤事故，就是新娘的爸爸胡局长管的，他要是不给批工伤，爸爸就白伤了，没得救了，知道吗？"他不明白，爸爸明明是在工地上受伤的，怎么就没人管呢。他更不明白，爸爸的伤和这个胡局长，又和这个婚礼有什么关系。

他和妈妈，在最不显眼的一个角落，坐了下来。偌大的餐厅，灯火辉煌，人声鼎沸，每个人的脸上，都带着灿烂的笑脸。不知道为什么，他却忽然一点也高兴不起来。他从来没有参加过这样豪华的婚礼，也从来没有见过这么大的场面，他本来以为自己会很兴奋很快乐的，完全没有。酒桌上的人，他和妈妈一个也不认识，倒是有几个端盘子的服务员，看到妈妈后，主动过来和她打了招呼，还亲昵地摸了摸他的头。看样子，她们和妈妈很熟悉。

满桌好吃的，他却没有胃口，他的脑海里，老是浮现妈妈从怀里掏出的那个皱巴巴的红包，以及躺在床上的爸爸可怜的眼神，挥之不去。婚礼是怎么进行的，他一点也没留意。惟一没出意外的是，发喜糖时，他真的也得到了一份，两个漂亮精致的糖果盒子，里面装满了他最喜爱吃的喜糖。

婚礼结束了，他和妈妈随着人流，走出餐厅，他看见，餐桌上杯盘狼籍，还有不少喜糖，遗留在餐桌上，服务员已经开始收拾餐桌了。

妈妈牵着他的手，走出酒店。他和妈妈的另一只手，各拎着两盒喜糖。

突然，他狠狠地将喜糖扔在了地上，妈妈惊讶地看着他，他一把夺过妈妈手上的喜糖，也扔到地上。他听见自己声嘶力竭的喊道：“我再也不要吃喜糖了，再也不要！”

调　查

调查组快来了。

立即兵分三路，开展调查。一张大网，迅速撒开。

一路摸底细。首先摸清调查组人员组成，每个成员的姓名、单位、职务等等。要摸请确切的家庭住址，门牌号码，以备上门之需。重点要了解他（或她）的配偶和子女情况，比如配偶单位效益怎么样？是不是需要挂个虚职挣点外快？有没有子女在国外读书，是不是需要外汇？有没有子女开厂办公司，是不是需要流动资金或者项目？父母情况，是在农村，还是城里？是接近60岁，还是70、80岁了？有没有做个大寿的意向和可能？有没有小病小灾，可以借机去探望？总之，要摸清楚每个人员履历表之外所有相关的不相关的底细，才能以不变应万变，不打无准备之仗。这是基础。

一路摸关系。要摸清楚调查组每个人的工作简历和升迁图，在哪里做过事？做过什么职务？与哪些人共过事？结识了哪些人？与什么人交往甚密？谁是提拔他（或她）的老领导？谁有恩于他（或她）？谁是他（或她）的死党？谁帮扶过他（或她）？他（或她）有什么亲戚、朋友、同学、战友、同乡、邻居，以及亲戚的亲戚、朋友的朋友、同学的同学、战友的战友、同乡的同乡、邻居的邻居？总之，要比组织部更细致地了解他（或她）的人脉，汇出详尽的关系图，确保每一发炮弹打出去，都不是哑弹。这是关键。

一路摸爱好。要将调查组每个人的爱好，都弄得一清二楚。比如他（或她）喜欢吃什么菜？喜欢喝什么酒？喜欢抽什么烟？喜欢饮什么茶？喜欢坐什么车？喜欢看什么戏？喜欢睡什么床？喜欢唱什么歌？什么跳什么舞？喜欢穿什么品牌？喜欢戴什么手表？喜欢拎什么款式的包？喜欢谁的字画？喜欢人民币、港币、欧元、美元，还是什么都喜欢？喜欢存折、现金，还是金条、钻石或古董？喜欢纯情少女，还是风情万种的少妇？喜欢低调，还是喜欢张扬？喜欢拐个弯，还是喜欢直来直去？总之，要摸清楚每个人的性格、喜好和特点，才能有的放矢，投其所好，事半功倍。这是保障。

很快，各路人马就将情况反馈了回来。现在，万事俱备，只等调查组大驾光临了。

同时，另一路潜伏者已经出发，在单位、调查组下榻的宾馆以及公检法司等门前屋后，设下暗哨，对所有进出人员进行跟踪，特别是那些不请自来的人员，这多半都是不和谐的，异己分子，是埋在身边的炸弹，此刻，他们终于耐不住寂寞，即将原形毕露，冒死一搏了。正好可以乘机将他们全部调查清楚，以一网打尽，这算是意外的收获，调查的利息。

调查组终于来了。好的，现在可以收网捕鱼了。

一只鸡蛋的温暖

朋友曾在一个边远省份支教。

当地很贫穷，吃得很差，有的孩子早上去上学，甚至是饿着肚子的。为了帮助这些山区里的孩子，由政府出资，每天为每个学生提供一只免费的鸡蛋。

早读完之后，开始分发鸡蛋，每人一只。农村家家都养鸡，鸡下蛋，可是，那些鸡蛋大人是要拿去换油盐酱醋的，根本舍不得自己吃。没想到，学校会免费给大家分发鸡蛋，这让孩子们兴奋不已。朋友至今清晰地记得，第一天发鸡蛋时，有个男孩子一口将鸡蛋整个吞了下去，噎得直翻白眼，老师们又是拍背，又是抹胸，又是倒开水，好不容易才帮助男孩子将鸡蛋强咽了下去。每次想到这个情景，朋友心里就异常难过，他知道，那些可怜的孩子，因为难得吃到一次鸡蛋，才会那样馋的啊。

可是，发鸡蛋没几天，就出现了意外情况，不少孩子拿到鸡蛋后，并没有自己吃，而是偷偷藏了起来。他们为什么要将鸡蛋藏起来呢？是鸡蛋不好吃？当然不是。情况很快就弄清楚了，那些将鸡蛋偷偷藏起来的孩子，是舍不得自己吃，他们想将发给自己的鸡蛋带回家，给自己的奶奶吃，或者与自己年幼的的弟弟妹妹分享。

了解到这一情况后，学校作出了强制规定，发给每个学生的鸡蛋，必须自己吃，而且必须在早读后立即吃掉。为了确保每个学生都将发给他们的鸡蛋吃掉，学校还组成了一个监督小组，负责检查、监督学生们每天吃鸡蛋的过程。朋友是监督组的成员。

朋友告诉我们，真没想到，那些山里的孩子，为了能将发给自己的鸡蛋省下来，带回家，竟然想出了各种各样的办法，和监督老师“斗智斗勇”。

有个瘦瘦的男孩子，每次拿到鸡蛋后，就表现出迫不及待的样子，噼里啪啦，很夸张地用鸡蛋敲击桌面，剥完壳，张着大口，一口将鸡蛋吞了下去。嘴巴还“吧唧吧唧”地嚼得很响，吃得有滋有味的样子。朋友站在教室的窗外，一连观察了好几天，终于发现了这个男孩子的秘密：每次他剥好鸡蛋后，都会悄悄将鸡蛋藏在一个塑料袋里，而将空手往嘴里一塞，装作将鸡蛋塞进嘴里的样子。朋友问他，为什么要将鸡蛋藏起来，男孩说，他的父母都在遥远的城里打工，几年才回来一次，他和奶奶生活在一起，奶奶年纪大了，身体也不好，他想将鸡蛋带回家给奶奶吃，让奶奶补补身体。

有个女孩子，拿到鸡蛋后，总是吃得都很夸张，嘴巴里鼓鼓囊囊全是白色的蛋清和黄色的蛋黄。朋友仔细一观察，发现了问题，每隔一天，女孩子的嘴巴里才会鼓鼓囊囊，第二天，则只是“吧唧吧唧”的空响声。原来她是隔一天，吃一只鸡蛋，另一天的鸡蛋则被她私藏了起来。有一天，朋友不声不响走到她身边，意识到自己的秘密被老师识破了，小女孩难为情地低下了头。她轻声说，家里穷，没钱买肉，吃的菜，基本上都是菜园里的蔬菜，难得有荤菜，她隔一天，省一个鸡蛋带回家，是为了让妈妈将鸡蛋做成菜。

朋友说，每发现一个孩子偷藏鸡蛋，他的心就会既酸楚，又温暖；既难过，又感动。这些将鸡蛋藏起来的孩子，都是为了省下来，带回家给自己的家人吃。对这些偏僻的山里孩子来说，鸡蛋就是人间美味了，他们不想独吃，而希望与家人共享。但是，给每个学生每天发一只鸡蛋，是希望这些孩子能够健康成长，他们是大山的未来啊，鸡蛋必须是孩子们吃掉的。因此，学校想尽办法，除了监督外，有段时间，甚至要求孩子们吃完鸡蛋后，将蛋壳上交。即使这样，仍然有不少孩子，想方设法将分给自己的鸡蛋省下来，藏起来，带回家。

不过，每次“抓”到藏鸡蛋的孩子，朋友从不当面指出来，他不想让这些孩子，在其他孩子面前难堪。而自知被他发现了的孩子，会当着他的面，将鸡蛋拿出来，恋恋不舍地吃掉。朋友说，如果不是亲眼所见，你绝对想象不出来，那些孩子吃鸡蛋的样子，那么投入，那么享受，那么有滋有味，仿佛他们吃的是天底下最好吃的东西似的。

有一次，朋友对一个经常藏鸡蛋的男孩子说：“你正是长身体的时候，其实，你自己将学校发给你的鸡蛋吃下去，会让家人更开心的。”男孩子看着他，郑重地点点头，很赞同的样子，朋友讲完了，男孩子忽然对朋友说：

“可是，老师，我把鸡蛋省下来给奶奶吃，比我自己吃，我也更开心啊。”那一刻，朋友的眼睛，猛地湿润了。

朋友感叹说：“在城里生活了这么多年，从来没有体会到，一只鸡蛋，给他所带来的如此强烈的触动。也许最好的办法，是让那些孩子和他们的父母远离贫穷，远离饥饿，远离苦难。”

但是，无论多贫穷，也无论多艰苦，一只鸡蛋，就可以给我们传递无穷的温暖。

当“谣盐”像雪花一样飘的时候

当“谣盐”像雪花一样，在四处飘飞的时候——

我的妻子就在忙不停地接听电话，或者收发短信，岳父母、妻弟、表妹、老邻居、同事、小学时的同学、一起晨练的队友……一个个接连打来电话，或者发来短信，让我们赶紧去买盐。就连我们家请过的一个钟点工阿姨，也好心地打电话来，问我们盐买了吗，要不要代买几包？那几天，我们家的电话，比大年三十晚上拜年的电话还要忙碌，妻子为了回复短信，连手指都摁肿了。

我的远在乡下的老母亲，喜滋滋地打电话告诉我：“盐买到了，你们就放心吧。”我问她怎么也想起来去买盐了？老母亲乐呵呵地说：“我的消息也灵通着呢，一大早，你隔壁的王大妈就来敲门告诉我了，说是她儿子打电话回家，让她什么也别问，赶紧去买盐，你王大妈的儿子在大城市里上班，出息着呢，什么事情都能够早知道。于是，一大早，我就和你王大妈去镇上买盐。买盐的人真多啊，排了几个小时的队，终于买到盐了，但是每个人限买二包，买了两包后，我和你王大妈又折回队尾排队，又买了两包，总共四包盐，我是这样想的，你和你妹妹一家两包，我一个老太太，吃不吃盐没关系。”听着老母亲的话，我的眼泪都差点掉下来了。

我家对门的小李，这些天可累坏了，他是一家大型超市的货车司机，每天开着二十吨的大货车，往返盐业公司十几趟，拉了一车又一车的盐，还是供不应求。超市里买盐排的队伍，从三楼排到二楼，又从二楼拐到一楼，然后，甩了个尾巴，一直延伸到了店外的马路上。小李开始觉着十分可笑，他亲眼看见了，盐业公司里的盐，堆得跟山似的，还能没盐买吗？这些人，可真是咸得慌。可是，连续好几天，都是这个情况，人们抢购盐的热情，一点不减。小李也有点纳闷了，心慌了，难道，真会闹盐荒？小李打电话让老婆

抽空也去排队买点盐，老婆带着哭腔说：“一个队要排几个小时，我哪有时间啊。”小李想想也是。看着大货车，小李灵机一动，赶紧找了个扫帚来，盐卸完后，他就用扫帚将空车厢扫扫，每次竟然也能扫出个斤把盐来。小李想：真要闹盐荒了，这盐也能对付着吃。

我的朋友老张，一点也不慌张，他是个有文化的人，知道“谣盐”就是“谣盐”，永远也不可能飘成雪花，所以，当别人都在想办法买盐的时候，他稳稳地坐在电脑前，打开炒股软件，推敲着各股的行情。忽然，老张鼻子一吸，嗅到了什么。股市一开盘，他就挑选了几只与盐有关的股票，吃进，满仓。果然，他挑选的几只股票一路飞飙，有一只甚至开盘不久就牢牢地封在了涨停板。看着跃动的红色数字，老张像看到了一团金色的火焰，那可是白花花的盐带来的疯狂啊。老张仰天大笑。

最奇怪的，是我的一个远房堂叔的表现。堂叔很有商业眼光，从机关退休之后，在我们小区附近，开了一家代销店。别看店小，销售的东西，都是附近居民必需的，所以，生意很不错。当天上的“谣盐”像雪花一样飘飞的时候，堂叔家的存盐，也很快被抢购一空，脱销了。堂叔一遍遍对前来买盐的居民解释：“盐卖完了，真的没货了。”居民们急切地向他建议：“那你赶紧去进货啊。”堂叔笑笑，又摇摇头，深不可测的样子。第二天，堂叔的店里，忽然进了几百只大大小小的坛坛罐罐，堆在小店门口，十分抢眼。不时有居民来询问有没有进盐？堂叔却连连摇头：“没货，真的没货。”别的店家，这时候都在想方设法补货进盐，为什么堂叔一点动静没有，却运来这么多坛坛罐罐，难道……难道他这是要囤积私盐吗？面对质询、怀疑、愤怒的眼光，堂叔也不急恼，被问急了，他就会嘟囔一声：“其实，你们没必要买那么多盐的，真没必要。”没人听他这话。有人不屑地哼道：“你不就是想囤积居奇吗，你要敢乱涨价，小心我们告你！”堂叔笑笑。

过了几天，谣言果然被戳穿，国家的盐储备十分充足，完全没有缺盐之虞，“谣盐”像雪花一样，融化。可是，很多人家已经买进了十几包甚至几十包的盐，这么多盐，几年也吃不完啊，怎么办？有人想出了个办法，腌咸菜。众皆点头称是。然而，家里没腌菜的坛子啊。这时候，人们一下子想起了堂叔小店门口堆积的那些坛坛罐罐，于是，大家一起向堂叔家的小店蜂拥而去。

一个农民工的年忙

排了三天三夜的队，仍然没能买着一张回家的车票。又不能回家与妻儿团聚了，这让张三宝很郁闷，他已经整整三年没回过家了。

农民工张三宝的这个年，只好孤单地留在城里过了。

张三宝本想回厂里看看，能不能找点活做，可是，春节前几天工厂就停产了，绝大部分工友和老乡，也都千里迢迢返乡了。形单影只的张三宝无所事事。大年三十这天，他早早地吃了一大碗肉丝面，就当是年饭了。简陋的出租房里，连个电视都没有，春节晚会也看不成了，张三宝想，那就早一点睡觉吧，正好把以前天天加班所欠的觉补回来。

懵懵懂懂中，手机忽然响了起来。张三宝以为是家里的老婆打来的。一接，竟然是工地上的一个老乡。这个老乡因为要帮老板看工地，也没回成家。老乡急匆匆地问他在干什么。他告诉老乡已经睡觉了。老乡兴奋地对他说："这么一大早睡什么觉啊，赶紧到我工地上来，吃年夜饭，二十分钟内必须赶到！"真没想到，老乡还惦记着自己，张三宝一骨碌爬了起来，蹬着破旧的自行车，就向老乡住的工地赶去。

工地不很远，十几分钟就到了。远远地就看到，工地门口，停着一溜高级小汽车，张三宝狐疑地走进工地大门。工地前的空地上，临时支起了一个巨大的帐篷，摆放了十几张八仙桌，很多人在忙碌着。围着桌子，已经坐了不少人，张三宝一个也不认识，但看起来都是和自己一样的农民工。张三宝丈二和尚摸不着头脑，老乡今天这是怎么了，他就是工地上一看大门的，怎么会有这么大的派头？张三宝在一张桌子上找到了老乡，刚在老乡身边坐下，还没来得及问老乡是怎么回事，只听有人高声喊道："领导来了，大家热烈欢迎！"张三宝机械地和大家一起站起来，鼓掌。一个器宇轩昂的人，在众人的簇拥下，缓步走了进来，后面还跟着几个扛着摄像机的。

领导在中间的桌子上坐下后，一个富态的中年人高声说："领导今天特地来到工地，和广大农民工兄弟一起吃年夜饭，下面我们用最热烈的掌声，欢迎领导作重要讲话！"又是一阵热烈的掌声。领导开始热情洋溢地讲话。张三宝压低嗓门问老乡这是怎么回事，老乡轻声对他说："老板临时接到通知，说领导要和民工们一起吃年夜饭，可是，大年大十，上哪找那么多民工啊，所以，老板就动员我们将认识的老乡和工友都请来，这不，我第一个就想到了你。""原来是这么回事啊。"张三宝惊讶得张大了嘴巴。领导的话说完了，开始上菜了，乖乖隆的咚，鸡啊肉啊海鲜啊，摆了满满一大桌。张三宝看着眼前丰盛的菜肴，不敢下筷子，他问老乡："不会吃完了要我们出份子钱吧？"老乡笑了："瞧你这乡巴佬的样子，这次有人买单，不会收钱的。"正说着话，领导在一帮人的簇拥下，给大家敬酒，几台摄像机对着满面红光的领导，还冲着他们这些民工扫了一个来回。

领导象征性吃了几口菜后，就离去了。剩下张三宝和那一大帮不知道从哪找来的民工兄弟，一起美美地大吃了一顿。

大年初一上午，迷迷糊糊的张三宝，被一阵手机铃声吵醒。是昨晚饭桌上刚认识的一个工友打来的。工友对他说："赶紧到解放路来，救急。"张三宝刚想问有什么急事，对方匆匆留下一句："来了就知道了，我还要通知别人呢，"就挂了电话。张三宝骑上破车，火急火燎地赶到解放路，找到了那个工友。一个穿制服的男人给他和工友发了一件黄色的马甲，和一把扫帚，告诉他们，今天有领导要来慰问，一时找不到民工，所以，让他们临时顶替下。张三宝刚穿上马甲，就看到一排小汽车驶了过来，下来一帮干部模样的人，后面还跟着几个扛着摄像机的。让张三宝没有想到的是，领导不但和他握了手，还从工作人员手中拿过一个红包，送给了他，那一刻，几台摄像机同时对着领导和他，扛摄像机和拍照片的人，还让他用双手将红包捧在胸前，做出幸福的样子。他憋红着脸照办了。

领导的车队，走了。穿制服的男人将他们的马甲和扫帚都收了回去，张三宝和工友刚要离开，制服男严厉地说："还有红包呢？也要交回来的。"张三宝不情愿地将红包掏出来交给制服男，制服男给他们每人放了一张 50 元的钞票："这是你们的报酬。"

虽然红包被没收了，但好歹有 50 元的报酬，这还是让张三宝很高兴。下午，又有一个工友打电话，让他赶紧到一家化工厂去，说是领导要去那儿慰

问一线工人，让他去顶替一下。张三宝又马不停蹄地奔了过去。

大年初二，有人通知他到市里最大的广场去，上头在那儿搞广场联欢，急需一群民工模样的人。

大年初三，有人通知他赶到一处民工公寓去，说是有领导要上那儿送温暖，可是，公寓里原来住的工友都返乡了，急需一群民工模样的人……

民工张三宝绝没有想到，他的这个年，过得如此忙碌，如此幸福，如此温暖。在骑着破车赶赴下一个场地的时候，他忽发奇想，要是天天过年，那该多好啊。

每一双鞋上都写着人生

街角的摊子，已经很多年了。住在附近的人，都认识。

摆摊的是个老人，佝偻着腰，脸黑得跟覆盖在他膝盖上的那块旧帆布一样。总是埋头在修鞋，很少看他抬头，即使是你上他的鞋摊修鞋，他也只是抬起上半个眼皮，视线从老花眼镜的黑框翻出来，正好落在你递过来的鞋上。他只看鞋。偶尔闲暇下来，他还是耷拉着眼皮，盯住过往的一只只鞋，看得出神，似乎那些走来走去的鞋上，都带着故事似的。

他准备了三双拖鞋，摆在鞋摊上。来修鞋的人，有的是拎着需要修的鞋过来的，有的则是路过的，正好鞋出了问题，于是找到了修鞋摊，脱下来，现场修一修。这三双拖鞋，就是给那些急修鞋的人，临时搭搭脚的。这种情况不是很多，不知道他为什么却准备了三双拖鞋?

没事的时候，我喜欢坐在他的鞋摊上，一边看他修鞋，一边和他闲聊几句。

有人走了过来。坐下，脱下鞋："师傅，麻烦你给补补。"一口外地口音。

他抬起半个眼皮，看看鞋，一双已经洗得发白的解放鞋，前脚掌裂开了一道缝。这种鞋，补补，最多收一两块钱，修鞋的人，都不大愿意修。他拿起鞋。空气中弥漫着一股脚臭味。修鞋的中年男子，不好意思地缩缩脚。他的袜子破了，露出两个脚趾。老人顺手拿起一双拖鞋，递给中年男子，说："你先搭个脚，一会就修好。"我注意到，那是三双鞋中，最旧的一双，棉的。中年男子感激地笑笑，穿上了老人递过来的拖鞋。

几分钟后，老人修好了鞋，收了他5角钱。中年男人穿上修好的解放鞋，跺跺，很满意的样子。

中年男人走后，我忍不住问老人："5毛钱的生意你也做啊?"老人瞥一眼我的脚："他那双鞋，都不值1元钱，怎么收他的钱啊。"其实我知道，老

人是同情他。那个中年男人，一看就是在建筑工地干活的民工。可是，我不明白，为什么递给他搭脚的，是最旧的那双拖鞋呢？难道老人看不起他？老人似乎看出了我的疑惑，又像是自言自语："你要是拿双新鞋给他搭脚，他反而不自在呢。"

又有人"噔噔"走了过来，声音和尖尖的鞋尖，同时抵达。"换个鞋跟!"是个时髦的年轻女人。

老人抬起半个眼皮，瞅瞅，顺手拿起身后的拖鞋，递了过去。"你将鞋脱下来，先用这双鞋搭搭脚。"女人接过老人递过来的拖鞋，凑到鼻子边，嗅嗅，皱着眉头还给了老人。然后，从包里拿出一叠餐巾纸，放在地上，脚尖踩着。

老人不说话，默默地收回自己的拖鞋。帮她换鞋跟。

鞋跟换好了。年轻女人穿上鞋，踢踢，不知道嘀咕了一句什么，"噔噔"地走了。半晌，我恍若听见老人叹了口气。

关于老人的那几双搭脚的鞋，还有一段传奇故事呢。

一次，有个小伙子气喘吁吁地跑到老人的鞋摊，让他修鞋，他的一只鞋底断了。老人抬起半个眼皮，瞅瞅，又瞅瞅，然后，从身后摸出一双拖鞋给他搭脚。老人慢腾腾地修着，小伙子催他，随便换个鞋底，只要能穿就行。老人点着头，手头还是不急不慢。正修着，忽然，传来一阵嘈杂声，几个人追了过来。小伙子一见，爬起来就跑，没跑几步，脚上的鞋带断了，赤着脚的小伙子脚步明显慢了下来，没跑出多远，被后面的人追上。原来小伙子是个扒手，逃跑途中，鞋底坏了，于是跑到老人的鞋摊，准备换了鞋底继续跑。

事后，有人问老人："小偷穿着你给他搭脚的拖鞋，怎么没跑几步，鞋带就断了？是不是你使了什么手脚?"老人抬抬眼皮，眨眨，未置可否，然后继续埋头，修鞋。

我明白。我相信，每一双鞋上，都写着一个人的人生。

顶 楼

黄老板有个嗜好，喜欢住顶楼。

从乡下来城里，累死累活，当了整整三年的包工头，黄老板终于掘到了人生的第一桶黄金，他就用这桶金买下了自己承包的一幢居民楼的六楼。这是他在城里拥有的第一套房子，也是他住过的最高建筑了，六楼啊，多高！多亮堂！多宽敞！站在阳台上，能看出好几十米远去，如果不是被前面更高的高楼挡住的话，他相信自己甚至能看到遥远的乡下，他们家那间又矮又破的土墙老屋。那是村里最矮的房子，他在那里长大，也是在那里埋下了一颗种子：这辈子一定要住上村里最高的房子，让家人过上好日子。这个愿望终于实现了，村里最高的房子是二虎家气派的小二楼，与自己如今住的六楼相比，那简直就是一个矮冬瓜。黄老板敲锣打鼓，高调地将乡下的老婆孩子也接进了城里。

黄老板不甘心只做包工头，在如火如荼的房地产开发热中，他也想方设法弄到了一小块地，搞起了房地产开发。地皮太小了，只盖了几幢多层，和一幢小高层。虽然只有几十套房子，但飙升的房价，还是让他狠赚了一笔。房子很快销售一空，但有一套他没卖，那就是小高层的第12层，他留给了自己。站在12楼的阳台上，看得更远了。黄老板将家搬到了12楼，这次，还将乡下的父母接进了城里，他要让他们住住高楼，过过好日子。一家人喜笑颜开。

黄老板的生意越做越大，开发的楼盘，越来越多，也越来越高档，白马公寓、瑞豪广场、皇家庭院……单听听这些楼盘的名字，就一个比一个豪气，一个比一个气派。强劲的房产市场，将黄老板的生意，一路推向颠峰，使他成为远近闻名的房地产大鳄。房产大鳄黄老板有个嗜好，就是每开发一个新楼盘，他都会将其中最高最好的一个顶楼留下来，并花重金将之装潢，成为空中豪宅。

可是，奇怪的是，黄老板的家，却再也没搬过。他的老父老母以及妻儿，仍然住在原来的12楼里。

黄老板身家越来越高，回家的次数，却越来越少了，有时十天半月，也难得在家里看见他的身影。那么，不回家的黄老板住在哪儿呢？黄老板的老婆跟踪过几次，发现了黄老板的秘密：他开发的每一个楼盘，都给自己留下了一套房子，就是最高最亮堂最气派的那套顶楼，而每个顶楼里，都住着一个妖艳的女孩，黄老板出入、穿梭其中……黄老板的老婆什么都明白了，他这是家外有家了啊。有一次，黄老板的老婆将黄老板堵在了瑞豪广场某幢18层的门口，黄老板先是一惊，继尔愤怒地叱骂老婆："再闹，给老子滚回乡下去！"言毕，挽着从房里跟出来的女孩的手，扬长而去，黄老板的老婆从泪眼中认出，那个女孩，是黄老板公司里的一个售楼小姐。

房产大鳄黄老板看来是震住了自己的老婆，没敢再闹。黄老板从此更加肆无忌惮，偶尔回家，就是将一大沓钱，甩在家里的餐桌上。黄老板的老婆，从此不是搓麻将，就是上美容院，乐得逍遥。黄老板的儿子已经上初中了，原来在乡下时，成绩一直靠前，最近成绩骤然一落千丈，整天穿名牌，玩游戏，时不时还邀约一些社会青年k歌跳舞……黄老板的老父老母眼睁睁看着这一切，暗自垂泪。

黄老板的盘子越做越大，已经没有人确切地知道黄老板开发了多少个楼盘，黄老板整天腆着大肚子，穿梭在各个楼盘之间。

那天，黄老板醉醺醺来到帝门豪园小区门口，这是他新开发不久的一个楼盘，顶楼28层照例是他留给自己的新房子，这几天他正在抓紧装修，并物色由谁来陪他入住这个豪宅。楼下，乱糟糟围着一大群人。黄老板见状，惊问是怎么回事？有人告诉他，有个老头背着一些破砖瓦、木头，爬到了顶层，不知道想干啥。黄老板酒醒了一半：难道是哪个欠薪的工人来闹事，想跳楼？这时，楼顶上的老头忽然探出了半截身子，围观的人一阵尖叫，老头对下面喊："大家别围着了，忙自己的事去吧，我不是跳楼的。"黄老板听着声音很耳熟，睁大眼一看，这不是自己的老父亲吗？黄老板又气又急，大声喊："爹，您老上这来闹个啥？"

顶楼的老头眯了眯眼睛，问："你真是咱的娃牛头吗？"牛头是黄老板的乳名，早没人这么喊他了。黄老板回声："爹，俺是牛头啊，您老下来，跟

我回家，别瞎闹了。”老头大声回话：“娃啊，你不是总念叨着让我们全家住最高的房子吗？这幢楼是这个城市最高的住房了吧，爹在上面再给你加一层……”

黄老板低下了头。

事情的结果是，黄老板好说呆说，将爹拉了下来。几天后，黄老板的父母执意回乡下去了。据说，黄老板打算将其他的顶楼都处理掉，然后，回家。

祭品不是纸糊的

清明节到了，几个中年男人约好去墓地，给各自逝去的亲人扫墓，寄托哀思。

按照当地的习俗，扫墓的时候，要给逝去的亲人烧点冥币、祭品什么的，让他们在另一个世界不缺钱花，不愁吃穿。烧点什么祭品呢？

张老板说："咱就给老爷子烧个豪华别墅吧。以前家里穷，老爷子在世时，就没住过象样点的房子，现在咱有钱了，住别墅了，开豪华轿车了，不能让老爷子在地下连个住的地方都没啊。"

说到做到，包工头张老板花几十块钱，买了一个纸糊的四层高的别墅，准备烧给老爷子。

王老板说："老张你这也太土了，都啥时代了，还烧别墅。咱要给老爷子烧点高档的，在世时他连见都没见过的东西。"说着，王老板小心翼翼地搬出来一架纸糊的飞机，一艘纸糊的游艇，还有一辆纸糊的坦克。煤老板老王指着这些东西说，老爷子在世时，整天骑辆破自行车，咱给他烧这些东西，让他也享受一把。

对张老板和王老板烧的这些祭品，吴老板不屑一顾："你们都out了，烧这些东西，还不如多烧点冥币呢，有了足够的冥币，他们需要什么，就买什么好了。"张老板和王老板异口同声地问："那你准备给你家老爷子烧点什么？"投资商吴老板幽幽地说："咱娘死得早，老爷子在世时，一直连个伴都没有，老爷子这辈子多可怜啊。所以，咱要给老爷子烧几个小姐、女秘书、二奶什么的，让老爷子不再孤单寂寞。"

张老板和王老板都不以为然。三个人对各自要烧的祭品都不满意，最后，三个人将目光投向了他们的老大黄局长，想看看黄局长给他老爷子烧的是什么祭品。黄局长是他们的老大，他们的靠山，也是他们的主心骨。

黄局长扫了三人一眼，严厉地说："你们这都是迷信活动，什么别墅啊，游艇啊，二奶啊，那都是浮云。拜托你们，要烧，就烧点管用的有意义的东西，好不好？"三个人以异常崇拜的眼光看着老大，猜测着老大烧的祭品会是什么呢？

黄局长命人抬来三个纸糊的人，一溜放在了他们面前。三个人抬眼一看，差点吓晕过去，只见三个纸糊的人，和真人一般大小，还穿着西服，打着领带，腆着大肚子。最让三个人惊愕不已的，是三个纸人的脸，竟然画的都是黄局长去世的爹，画得是栩栩如生，打眼一看，还以为真的是黄局长的爹呢。

三个人连忙朝纸人拜了拜，怯怯地望着老大。黄局长笑着说："这就是我要烧给咱老爷子的祭品。""要将纸糊的老爷子当作祭品烧了？这，这……"三个人张着大嘴。

见三个人紧张的样子，黄局长哈哈大笑："实话告诉你们吧，这是照着老爷子的样子，纸糊的老爷子的替身。"

"替身？"

黄局长认真地点点头："你们知道的，老爷子在世时，是个一把手，每天要开很多会，赶很多场子，应付形形色色的人，他哪里忙得过来呢？所以，老爷子在位时，就物色了一个跟他自己长得很像的人，遇到老爷子不想参加的会议，或者不愿意赶的场子，或者不想见的人，就都让这个替身代替，去开会、赶场子、应付。这个替身，帮了老爷子很大的忙啊。正是有了这个替身，老爷子才能分开身，去做另外一些重要的事情，比如帮你去开矿，帮你去批工程，也帮我铺路……"

回想起老爷子，几个男人都感激涕零。可是，老爷子终归已经去世了，烧这些纸糊的替身有什么用呢？

黄局长骂了一句："你们几个蠢货，告诉你们吧，老爷子在地下，一定还是个一把手，钱啊位子啊女人啊，这些他照样还是不愁的，可是，在地下要找个跟他长得一样的替身，恐怕就很难了，所以，我给他老人家烧三个去。"

"为什么要三个呢？"

黄局长笑着说："这一个专门代替老爷子开会；这个呢，专门代替老爷子应酬。这第三个嘛，任务最艰巨，他要每天陪着我死去的娘。活着时，老爷子就没怎么陪过老太太，我希望在那个世界，老爷子能在老太太的身边多呆会，哪怕是个替身呢。”

张老板们恍然大悟，连连向黄局长竖起大拇指。黄局长得意地说：“找个替身，这是老爷子临咽气前，留给我的教诲。做局长这么多年，我是深有体会啊。”

三个人面面相觑。半晌，吴老板小声地问：“老大，那你现在是真的老大，还是老大的替身啊？”

黄局长狠狠地瞪了他一眼：“少废话，还不快烧祭品去！”

墓地里飘起一股股浓烟。

伪装术

会议室的灯，一直亮到深夜，还是一团乱麻。再有三天，上级考察团就要来了，将对县里的绿化情况，进行检查。这可难坏了县里的领导。报上去的材料说该县的10座荒山，绿化率达到了百分之百，而事实情况是，除了一座荒山上栽种的刺槐树侥幸成活了几十棵之外，其它荒山依旧是光秃秃一片。笔杆子可以摇出数字，摇不出真材实料的树林。这可怎么办？

一向能说会道的局长们，此刻都低垂着脑袋，谁也想不出一个万全之策。县长连抽了两盒烟，急得眼都绿了。这时，在一边帮忙倒水的看门人老黄，自告奋勇站了出来，自称曾经当过装备兵，只要县里肯出钱，他有办法。病急乱投医，县长当场拍板，只要能应付得了上级的检查，花多少钱都在所不惜。老黄大致描述了自己的构思，听罢，会议室里响起一片热烈的掌声。县长终于露出了满意的笑容，老黄临危受命，全权负责。

第二天，老黄即调动了全县一万多名中学生，每人发一桶绿色油漆，爬上山，负责将山上的石头，全部刷上绿漆。一天下来，十座荒山上奇形怪状的石头，全部换成了绿装，站在山脚，抬头仰望，绿意盎然。次日，老黄又让人采购了几十万平方米的绿色尼龙伪装网，从半山腰开始往山脚铺盖，原本裸露的黄褐色山土，骤然之间，就像穿上了节日的盛装，远远望去，犹如一片绿色的海洋。远景完成了，老黄开始布置近景，他从一家塑料厂高价购买了所有的塑料树，沿着十座山脚摆放，那是一个多么浩大的场面啊，几万棵塑料树仿佛列兵一样，围着山脚傲然站立，形成了一道盛大的绿色屏障。

次日，上级考察团就要来了，老黄向县长提议，虽然进行了远、中、近三层伪装，远远地观看，整个荒山已经被绿色完全覆盖。但是，只要稍稍走近，或者考察团中有视力好的人，还是一眼就能看出端倪。所以，还必须沿着公路边，再临时栽种一些真的树木才行，而这个工程非常巨大，必须举全县之力，才能完成。是夜，县里紧急动员一万名干部职工、三万名中小学生、五万名车间工人、十万名农民，沿路栽种树木。当第二天太阳升起的时候，沿着省城方向来的道路两侧，全部栽上了鲜活的树苗。

考察团如期赶到。坐在车内观望，路旁的树苗，迎风摇曳，像招着的手儿；望远处看，山脚下一片片树林，整齐壮观；再抬头朝山上眺望，曾经光秃秃的荒山，绿浪翻滚。果如材料所报，考察团深感满意。忽然考察团里有人提出，看看有没有路通到山脚，我们不妨到山上走走，近距离领略一下。这句话把陪伴的县长，惊出一身冷汗。万幸，考察团的车子一直开进县城，也没有找到一条可以通往山脚的道路，考察团也因而没能下车上山。事后，县长才了解到，老黄早有预料，所以，临时将所有通往山脚的叉路，都铺盖上了一层绿色塑料地毯，伪装成了草地。

因为救驾有功，老黄不再看大门了，被借调到政府办公室，专门负责处理疑难杂务。还别说，不久，老黄又一次派上了大用场。

为了改善投资环境，县里擅自征用了5000亩良田，耗资三个亿，建设了一座堪与世界顶尖相媲美的高尔夫球场。可是，还没等高尔夫球场开张，就传来风声：上级将对各地违规建造的高尔夫球场，进行清查，对严重违反国家土地政策的，将予以严肃查处。县领导又一次感受到了巨大的压力，也又一次想到了老黄。老黄不负领导重望，只轻松几招，就将一座占地5000亩的高尔夫球场，摇身变成了惠民泽民的民生工程。老黄让人将十几个沙滩，全部挖成小水坑，养放了几条小金鱼，又将54个球洞，全部栽上了小花苗。然后，在草坪上摆放了十几张椅子，并动员几十名退休老人，每天领着小孙子，到高尔夫球场散散步、跳跳舞，每去一次还可以到县政府领取交通补助10元。一时间，高尔夫球场成了老人乐园。一个没有沙滩、没有球洞、只有老人儿童游乐的地方，怎么能叫高尔夫球场，而不是民生工程呢？危机再一次成功化解。

鉴于老黄的突出贡献，县里决定新设一个装备科，专门负责相关事宜，老黄被破格提拔为装备科科长。有人提出异议，认为老黄的档案里，根本没有当过兵，是造假伪装的。县长呵呵一乐：“这恰恰说明他伪装有术，我们这也是人尽其才嘛。”

拴在门上的黄丝带

起床后，他习惯性地先打开自家的大门，看看对门。对门的大门上，贴着一个大大的“福”字，早晨的阳光斜射进来，正好落在福字上，散发出熠熠红光。往下看，门把手上，什么也没有。他揉揉眼睛，确认什么也没有。他嘟囔了一句“什么”。然后，放心地关上门，去刷牙洗脸，张罗早饭。

这是他和对门张大妈的一个约定。张大妈是一个独居老人，每天晚上临睡前，张大妈都会将一根黄丝带拴在门把手上，第二天早晨再解下来。而每天早晨，他做的第一件事情就是，打开门看看，如果对门的门上还拴着黄丝带的话，那表示张大妈已经起床，一切安然无恙。如果黄丝带还在门上的话，那说明张大妈还没起床，也许是生病了，也许是遇到了什么意外情况，那他就赶紧去敲敲门。

这个约定，已经持续了一年多。

那时候，他们一家刚搬来不久。对门的门一直关着，敲了几次门，想认识一下新邻居。可是，每次里面都会响起一阵习习嗦嗦的脚步声，走到门口，停下了，门却并没有打开，过了一会，脚步声又习习嗦嗦地走开。他知道门里面的人，一定是通过猫眼看到了他，却不想给他开门。邻居没给他认识的机会。后来留意了一下，对门只住着一个老太太，除了买买菜，平时很少出门。

那天，走出家门，忽然闻到一股怪怪的味道。一看，是从过道的一个垃圾袋里散发出来的。他们家的垃圾袋，都是他直接扔到楼下的垃圾桶里的，他看看紧闭的对门，明白了，这个垃圾袋，一定是她家的。犹豫了一下，他弯腰将垃圾袋拎了起来，带到楼下，扔进了垃圾桶。

第二天，楼道里又出现了一个垃圾袋。他又弯腰，将垃圾袋拎起来带下楼，扔进垃圾桶。

第三天，同样的位置，又出现了一个垃圾袋。正在他弯腰拎垃圾袋的时候，对门的门“吱呀”一声打开了，她扶着门框，探身对他说：“年轻人，这两天我腿脚不好，垃圾袋没扔下去，麻烦你了。”他笑笑：“举手之劳，没什么的。”她露出干瘪的嘴唇，笑着冲她挥挥手。他对她说：“您老年纪大了，这样吧，今后每天你就将垃圾袋放在这里，我顺便带下去。”她连连摆手：“那怎么好意思呢。”他说：“如果我奶奶还在世的话，该跟您差不多大呢，您就当我是您孙子吧，为您做这点事，还不是应该的吗?”

于是，他和她有了一个约定：每天早晨，他下楼去上班的时候，顺便将她放在楼道里的垃圾袋，捎带下去。日复一日。偶尔一两次，出门的时候，楼道上空荡荡的，没有垃圾袋，他的心就会一紧，赶快去敲敲门，看看老太太有没有什么问题。他骤然发现，放在楼道里的垃圾袋，已经成了某种约定，每天只有看到垃圾袋，那表示老太太生活如常，一切安然，他才放心。

那天晚上，他和妻子一起，敲开了对门的门。他想出了一个更好的办法。他将自己做志愿者时获得的一根黄丝带，送给了老太太，让她每天晚上系在门把手上，第二天早晨再解下来。他和老太太约定，如果早上黄丝带还系在门上，那就表示老太太出了状况，需要帮助，那他就来敲门……

不久，社区获悉了这一情况，并在整个小区推广，全社区近百名七十岁以上独居老人，都得到了这样一条黄丝带。当夜幕降临，有一些特别的门把手上，就会系上这样一条醒目的黄丝带，而第二天一早，它们又会被轻轻摘下。

如果，如果早晨某一个门把手上的黄丝带没有摘下来，第一个发现它的人，就会及时敲响房门。“咚咚”的敲门声，在楼道里回荡，急促，温暖，那是一声声关切的问候。

体　检

上级决定给某局班子成员和全体中层干部，进行一次全面的体检。

这是上级领导的关怀，可是黄局长却不这么简单地看。他这个局长已经做了很多年，这是个肥差，很多人都眼巴巴地盯着这块肥肉呢。他想，也许上级是想通过体检，找出他身体上的毛病，然后顺理成章地将他从局长的位子上挪下来。他可不想丢了这个宝座。可是，摸摸自己肥硕的肚皮，晃晃肥头大耳，他心里很清楚，一旦体检，自己的毛病一定会不少。所以，必须想个万全之策。

找个健康人，代替自己去体检？这个念头一冒出来，就立即被他否决了。冒名顶替，很容易被识穿。那怎么办呢？还是办公室胡主任鬼点子多，他给黄局长出了个主意，全局有近20名中层干部一同参加体检，乘人多混乱之时，让十几个男性中层干部每人替局长体检一项，不就人不知鬼不觉地将黄局长的体检完成了？

真是个绝妙的主意。黄局长赏识地拍拍胡主任的肩膀："这个心腹没白培养啊。"为了确保体检时黄局长的每一项指标都能合格，胡主任拿出一份中层干部名单，根据每个人的身体状况，确定具体的分工，将每一个体检项目都分配到具体的中层干部身上，以其最健康的部分，代替黄局长体检。这些干部都是黄局长一手提拔的，一个个摩拳擦掌，要倾力为黄局长拿出一份最健康的体检表，因为大家都清楚，只有黄局长保住了位子，他们才能继续分得一杯羹。

体检那天，黄局长带队，一帮人浩浩荡荡，直赴医院。黄局长说了，体检完之后，照例到皇家顶级会所，犒劳大家。

一般项目，诸如身高、体重、体态等等，这都是明摆着的东西，欲盖弥障，所以黄局长亲自接受体检。然后，黄局长就将自己的体检表交给了胡主

任，让他安排其他人，代他体检。

首先是财务处的王处长，代替黄局长检查眼睛。这几年，黄局长的眼睛老花了，文件都看不清了，老花眼可是衰老的标志。之所以挑选王处长代检这项，是因为他的视力特别好，不近视，不色盲，不老花。王处长战战兢兢地将黄局长的体检表递给了医生，没想到医生连表上的名字看都没看一眼，就直接帮他检查。视力正常，左右眼都是1.5，非常标准，只是瞳人的位置有点问题，偏上。医生备注：请注意用眼姿势，不要老是朝上看。

有了王处长的成功，后面的人就放心多了。紧接着是督察室的吴主任，他将代替黄局长体检咽喉，黄局长这几年天天不是作报告，就是到处训话，咽喉经常发炎，几次因为讲话的时间太久，而差点失声。可一个领导干部怎能连话都不能说呢？吴主任平时话不多，说话也是慢声细语，谁也不得罪，喉咙保养得特别好，让他代替黄局长检查咽喉，真是再恰当不过了。果然一切正常，没有肿胀，没有炎症，但医生让吴主任发出“啊”的时候，发现他的咽喉底部，有一点萎缩。医生备注：该说话的时候，一定要发出声音。

随后是规划处的费处长，将代替黄局长拍胸部X光片。黄局长是个大烟枪，每天至少抽两包烟，虽然都是一两百元一包的极品烟（黄局长那点工资怎么抽得起？这么弱智的问题，你也好意思问?），但再昂贵的烟，也免不了尼古丁的危害，估计黄局长的肺，早就被熏得漆黑一片了。而这个费处长，身居要职，但烟酒不沾，肺部一定没问题。X光一照，果然一片透亮，只是医生在费处长左肺的一个角落，发现了一小片不起眼的肺隔离症状。医生备注：别忽视了一小点，肿瘤总是在阳光下滋生的。

所有的人，按照项目，一项项帮黄局长体检。最后，是办公室的胡主任亲自上场，他将代替黄局长接受心电图的检查。黄局长这几年在官场上多次遇险，好几次职位不保，还差点被一桩腐败案牵连进去，以致黄局长的心脏，不堪重负，长期处于超常压力之下。而胡主任就不同了，在单位有黄局长罩着，办公室主任做得是如鱼得水，左右缝缘，好处尽得，而且他也注重锻炼，体质不错。一检查，不出所料，心跳、心率、心速、心房，一切都非常正常。医生正准备摘下仪器，突然，窗外传来一阵警笛声，只见显示仪上原本平静的线条，突然上蹿下跳，极度不稳定。随着警笛声远去，胡主任的心跳，才又慢慢恢复了平稳。医生备注：不做亏心事，是保持心脏健康运转的最有效办法。

所有的体检项目，都做完了，黄局长的体检表上显示，所有的器官，都非常健康，没有发现任何官能变化，但是，在体检表的最后一页，写着一条医嘱：小心恶变。

黄局长抖抖手中的体检表，长叹一声，看起来你们的体质不错，都非常健康，但事实上你们的体内，负能量也在积聚并呈恶化趋势啊。黄局长大手一挥："小心恶变，让我们共勉吧。"

散　烟

有人向饭店王老板报告了一个异常情况：几名餐厅的服务员，有小偷小摸之嫌。

这怎么可能？王老板不相信地直摇头。他对自己招的这些服务员，还是很信任的，她们基本上不是下岗女工，就是家庭困难妇女，一个个都是他亲自招来的。他开这个小饭店，本来也不为了赚钱，就是为了帮帮这些和自己当初一样困难的人。十几年前，他的单位倒闭，他也失业了，从起早贪黑做早点开始，积聚了一些资金，开了这家饭店。

虽然一点不相信，但既然有反映，王老板还是决定查一查，如果没问题，也算还他的女工们一个清白。

没想到，这一查，还真查出了问题。

那天，他悄悄地观察一个包厢。这是一家单位在请客，来他这个小饭店公款消费的，不是很多。客人酒足饭饱之后，走了，一切正常，没发现有什么问题。王老板正准备撤退，忽然惊讶地看见，服务员李大姐在收拾餐桌时，拣起了客人留下的一个香烟盒，王老板一眼就认出，那是中华牌香烟。李大姐将散落在桌上的香烟，又一根根拣起，塞进了香烟盒里，然后，利索地将烟盒塞进了自己的口袋。

将客人散落在桌上的香烟拣起来，这算不得是偷，但是，严格地讲，饭店里的东西，包括餐桌上的残羹冷炙，那都是饭店的物品，是不能揣进自己的口袋的。王老板思忖片刻，决定还是先不惊动李大姐，看看她到底怎么处置这些香烟。

另外几桌客人也都吃好走了，服务员们收拾好餐桌后，聚到了一起，嘀嘀咕咕说着什么。王老板轻声轻脚地走到屏风后，她们说的话，他听得一清二楚。

“姐妹们，大家看看，我今天捡到了什么？”王老板听出，这是李大姐的声音。紧接着，他听到一片惊叹声：是中华牌烟盒唉，这么新，跟没拆封的

一样。李大姐得意地说："是我那个包厢客人留下的，今天，是一家单位请客，抽的都是中华烟，我上菜时看到，每个人面前都摆着一盒，他们互相敬来散去，每个人的面前都堆着好几根香烟，可惜，等他们吃好走了，我收拾桌子时，看见好多零散的香烟，都被酒水，或者汤汁蘸湿了，真是太可惜了。我搜罗了一下，还有十二三根干净的，都装在这个烟盒里了。"

"十二三根啊，那有大半包了呢，太好了，"大家又是一阵惊呼。"这次，这个烟给谁?"

王老板简直不敢相信自己的耳朵，看样子，她们还真的不是第一次这么干了，竟然坐地分赃呢。王老板屏住呼吸，他倒想看看，她们是怎么分赃的!

"给刘大姐吧。"有人提议。"不，不，还是给张二嫂吧，她更需要。"王老板听出，这是刘大姐的声音。她们风格还挺高的呢，王老板想想，真是又好气，又好笑。张二嫂说："刘大姐，还是你拿着吧，你家刘大哥的爸爸这几天住院，马上要开刀，这烟，用得着。""那怎么行?"刘大姐接茬说："你家孩子今年要升中学了吧，不得四处找人? 这烟，你家大哥更需要。"张二嫂和刘大姐这厢正推来推去，忽然有人一拍大腿："想起来了，你们俩别推了，我看啊，这烟还是给小黄吧。"王老板细分辨，这好象是大赵的声音。大家问："为什么?"大赵说："你们忘了啊，小黄老公最近也失业了，这些天正忙着申请在小区边开一家早餐店，你们想想，那得求多少人啊，这烟，她最需要。"大家问："小黄呢?"有人回答："今天小黄请了半天假，陪他老公去找人了。"

王老板听明白了，感情这烟，他们是要拿回家去，不是给老公抽的，而是要拿去给他们求人用的。难怪她们要连烟盒一起拿。王老板感慨地摇摇头，今天想办点事，哪样不求人啊，进了哪个门，你不都得点头哈腰地递烟陪笑脸，甚至送钱送礼? 递出去的烟要是差了，人家连正眼都不瞥你一眼。王老板理解她们，一包好烟，差不多赶上她们一天的工资了，她们哪舍得买啊。

她们还在唧唧喳喳地商讨着。王老板悄悄地退了出来，从口袋里摸出一根烟，叼在嘴上，掏出打火机，刚要点着，忽然想起了什么，摇摇头，将烟塞回烟盒里，又从另一个口袋里，摸出一盒已经揉得皱巴巴的烟卷，摸出一根，点着，狠狠地吸一口。

喷出一口浓浓的烟雾，王老板想，自己也帮不了她们更多的忙，如果生意好一点，就给她们再涨点工钱吧。

等你入睡

他是一家报社的夜班编辑。每晚7点上班，凌晨左右做好版面，下班。日复一日。

这是其中的任何一天。

报社大楼，只有夜班编辑部的几间办公室灯还亮着。终于做好了版面，他长吁一口气，看看手表，23时48分。比平时略早一些。他起身将杯里的水倒满，又拿起一叠报纸，随手翻开。看样子，他还没有下班回家的意思。坐在对面的老刘诧异地抬起头，提醒他："活都忙好了，赶紧回家吧。"他笑笑，再待会吧。

老刘摇摇头。同事们已经见怪不怪了，不管什么时候做好了工作，他都会在办公室磨蹭到凌晨1点左右，才拖着疲惫的身子回家。比如这天，零点不到就忙好了，完全可以早点回家，早点休息啊，可他还是要在办公室里磨蹭。不知道为什么，他似乎很不情愿早点回家。

大家忙好了工作，一个个下班回家了。凌晨一点，他揉揉眼睛，锁好办公室的门，回家。

他掏出钥匙，借着手机微弱的光，轻轻拧开了家门。家里安静极了，似乎都能听见卧室里妻子均匀的鼻息。很显然，她已经熟睡了。他的嘴角，露出一丝笑意。他掂着脚尖，走进洗手间，关上门，慢慢地打开水笼头，水缓缓地流到面盆里。拿毛巾时，不小心碰翻了玻璃杯里的牙刷，发出一阵丁丁当当的声音，他捂住了自己的嘴，做出嘘状，生怕惊醒了谁似的。

洗漱完后，他先在客厅里将衣服一件件脱下，搭在沙发上，然后，只穿着裤衩背心，蹑手蹑脚地向卧室走去。卧室的门虚掩着，这是他和她约好的，免得他开门时弄出声响。每隔一段时间，他都会给门链上点润滑油，这样开门时，门链就不会发出吱吖声了。他悄悄地摸到床的东边，他睡的一侧。这也是他和她约好的，这侧靠近门，他深夜回来后，可以就近上床。他轻轻拎

起被子的一角，慢慢将身体挪上床，席梦思因为被挤压发出习习嗦嗦的响声，他停顿了下，等声音消失了，再将身子整个钻进被窝。被窝里真温暖啊。这个婆娘，睡觉总是这么横，一定是又从她的西侧横到东侧了。还好，幸亏她又横了回去，否则自己冰凉的身体，要惊醒了她。

枕着她均匀而温柔的鼻息，他也很快进入了梦乡。

镜头切换一下。

她躺在床上，东侧，被窝已经被她捂得热呼呼的了。她抬眼看看墙上的挂钟，快凌晨一点了，她知道，他该下班回来了。多少个夜晚，她都是一个人安静地躺在床上，等待着他回来。只有他回来了，她才能安然入睡。

她听见了楼道里传来的脚步声，很轻很轻，但她还是听到了这熟悉的声音。他终于回来了。她从床的东侧移到了西侧，西侧的被窝，冰凉冰凉，她打了个寒噤，缩成一团。

她听见了钥匙轻轻插进门锁的声音。

她听见了门被轻轻关上的声音。

她听见了他蹑手蹑脚走进洗手间的声音。

她听见了牙刷和玻璃杯轻轻碰撞的声音。她嘴角咧了咧，这个笨手笨脚的家伙。

被窝里慢慢暖和起来，她合上眼睛，慢慢沉入梦乡，嘴角还挂着那缕笑意。

……是的，这个人就是我，而她，是我的妻子。

几年以后，我不再做夜班编辑了。

我惊讶地发现，妻子不知什么时候也变成了个夜猫子，不到凌晨一点钟，横竖睡不着觉。在我的再三追问下，妻子告诉我，我上夜班的时候，她每天都等我回来，直到听见我的脚步，听见我打开了门，才能入睡。怕我回来睡的是冷被窝，她总是先捂热我睡的东侧。

原来是这样！

我懊悔地锤打着自己的脑袋。其实很多个晚上，不到零点我就做好了工作，可以下班了，可是，我以为那个时间妻子刚刚入睡，还处在浅睡眠期，很容易被惊醒，所以，为了不惊醒她，每天，我都故意在办公室拖到凌晨一点钟，估计妻子熟睡了，才疲惫地回家。

我和妻子紧紧地拥抱在一起。

今天，不管遇到什么情况，我都会尽量早一点回家，我知道，家中有个人，在安静地等待我，只有我安全地回家了，她才能安然入睡。

倾斜65度的阳光

阳光穿过云层，越过前面大楼的楼顶，闯进了我们的办公室。天气终于放晴了，连续阴雨了十来天，拧一把，每个人的心都能拧出一大盆水来。

他急匆匆走到我身边，向我请假，回家去一趟。我看看时间，下午两点一刻。每次，只要天气晴朗，他都会在这个时间左右，请上半个小时假，回家转转。我对他的家庭情况了解并不多，只知道他和奶奶生活在一起。他是个孤儿，是奶奶将他一手带大的。如今奶奶年纪大了，一个人在家不安全，常回去看看，是对的，好在单位离他家不远，骑车十来分钟就到，所以，每次我都会准假。只是不太明白，他为什么总是选在这个时间回去，而且一定要在天气晴好的日子。

正好要到他家附近的一个单位谈一笔业务。我说，那我们一起去吧，你顺便从家里转下，然后我们一起去谈业务。

骑着车，穿街过巷，阳光时而温暖地洒在我们身上。

拐进一条小巷，在一幢灰旧的居民楼前，停了下来。四周都是高楼大厦，使得这幢老楼显得特别矮小，前面高楼的影子，像笼子一样，将老楼罩住。他说，我家就住在这里，进去坐坐？

我点点头。

走进楼洞，眼前骤然一暗，眼睛一时都适应不过来。

二楼。他掏出钥匙，打开了门。屋里很黯淡，里屋传来一个老太太的声音："是彬啊，你回来啦？"彬是他的名字。他大声应道："奶奶，是我，还有我领导，也顺路来看看你。"

他招呼我在客厅坐下，便匆忙走进房间，抱了一床被子，走到阳台上。然后，又回到房间，搀扶着一位老太太，慢慢走了出来。我站起来，向老人问好。老人颤巍巍地笑笑。

他将老人搀到阳台上，我赶紧帮忙，上前将阳台的门拉开。很逼仄的老

式阳台，摆着一张躺椅，躺椅上铺着一床棉被，几乎将整个阳台占满了，边上放着几盘花草。他将奶奶扶到躺椅上，躺下。我惊诧地看到，一道阳光正好洒在躺椅上，那是从前面两幢高楼的间隙，照射过来的。老人眯着眼睛，笑着说："老天终于放晴了，今天的太阳正好啊。"

他帮奶奶压好被子："天气预报说，后面几天都是晴天呢。"

老人用手遮在额前："那敢情好哇。好了，彬，你快去上班吧。"他附在奶奶耳边说："那等会你自己回房间时，小心点啊。"

告别老人，走出门，他忽然站住了，和我聊起来。他说，因为前面的楼太高，阳光都被遮挡住了，每天只有下午2点半到3点半这一个小时时间，才能透进一点阳光，照到阳台上。这个时间的阳光，与地面正好处在65度角。他说，奶奶年纪大了，身体不好，腿脚也不方便，不能下楼晒太阳了，所以，只要晴天，有太阳，他就会回家，帮奶奶在阳台上放好躺椅，铺好被子，然后把奶奶搀到阳台上，躺着晒晒太阳。

原来是这样。我重重地拍拍他的肩膀。曾经有段时间，我对他经常上班中途请假，还有点看法呢。难得他这么孝顺，这么细心，这么周到。

他叹口气，告诉我，小时候，他家前面的大楼，就一幢幢树起来了，惟独他们这幢老楼，一直未拆迁。高高的大楼，将他们家整个笼罩在阴影中，几乎常年见不到阳光，晾晒的衣服，其实基本上都是阴干的。时间一久，整个老楼，都散发着一股潮湿的霉气。但是，很奇怪，冬天，他盖的棉被，却总是暖暖的，蓬蓬松松的，弥散着一股阳光的气息。后来他才知道，只要天气晴朗，有太阳，奶奶都会准时赶回家，将他床上的棉被，拿到阳台上晒晒。太阳能照到他们家阳台上的时间，只有那么短短的一个小时，所以，奶奶拿去晒的，总是他的棉被。那时候，奶奶刚退休，帮人家做钟点工，他和顾主只有一个要求，就是天晴的时候，下午2点半钟，放假让她回一趟家。

他的眼睛，湿湿的。他说小时候，他穿的衣服，总是干干净净，从他身上，你几乎嗅不到一点老楼的霉旧灰暗气息。他说，奶奶把所有能照到他们家的阳光，都照射到他的衣服和被子上了啊。他坚定地挥挥手说："现在，我最大的目标，就是尽快买一幢能经常晒到阳光的房子，让奶奶在阳光下安享晚年。"

我相信他能做到。

回头，前面大楼的影子，已经笼罩了这幢老式居民楼，但我却隐约看见，另一束阳光，一直照射着它，温暖，明亮，持久。

临时工

局领导慎重研究后决定，急招几名临时工，以备不时之需。

我们这个局，编制只有70人，如今已经突破百人大关了，很多人无所事事，怎么还要招人？可是，局领导说了，这事关重大，关乎全局工作稳定，关乎大家的前途安危，必须尽快招到合适的有用的临时工。局领导亲自挂帅，担任招聘工作小组组长，对应聘人员的要求倒是很简单，只须思想觉悟高，具备奉献和牺牲精神，有特点，即可。一旦录用，待遇绝对从优。

报名者众。

经过层层筛选，最后，王五等三人，从近千名应聘者中脱颖而出，被成功录用为我局“临时工”。这三人的特点，确实很独特——

王五，小学文化，没有固定职业，也没有什么技能。但是，他的特点却非常明显，就是与咱们一把手楼局长长得非常相像，简直像是双胞胎。而且，奇怪的是，从没有混迹过官场的王五，举手投足，竟然还很有些领导的做派。楼局长当场拍板录用。

老李，是进城务工的农民，以前在农村时，是放鸭子的能手，一竹竿能放千余只鸭子，这个鸭司令的嗓门很大，特别能吆喝。老李就是凭这条，被录用的。能吆喝，这算什么特点？与我们局的工作，也是八竿子打不着啊，不过，你细听听老李的声音，是不是和我们的一名副局长胡局长的声音非常像？特别是他讲“同志们……”的时候，简直韵味十足。这就是特点啊。

张大麻子，长得不怎么样，声音也与任何一位局领导不相像，他的特点在于他的名字，张大麻子大名张大水，与我们的另一名副局长张太永非常相似。出人意料的是，没什么文化的张大麻子，名字却签得龙飞凤舞，酷似我们张局长的签字。

三个人被录用为我们局的临时工，都安排在局办，局里特地为他们安排了一个办公室，每人配备了一台电脑，却没有分配给他们任何工作。每天，他们到办公室，就是喝喝茶，吹吹牛，上上网，打打牌，而他们的工资待遇，和正式职工一模一样。大家都忿忿不平。局领导哈哈一乐："临时工嘛，就是没事的时候养着，有事的时候，关键的时候，拿出来临时用用，这就是他们的价值。"

没想到，还真被领导预料到了。事情来了。

有人向上级举报，说我们局领导思想作风有问题，经常出入灯红酒绿声色犬马之地，不但用公款吃吃喝喝，还与不三不四的女人混在一起，严重败坏了领导干部的形象，举报信里还附了一张楼局长与几名色情女子的艳照，情景不堪入目。局领导认真对待民意，立即组织调查组，很快就查明，那个艳照男，并非我们的楼局长，而是本局一名与楼局长长得极其相似的临时工王五。我局的处理意见是：立即清退这名临时工，以消除不良影响。

那天，我们局在执行一次清查任务时，对待群众态度极其生硬，粗暴，野蛮，辱骂围殴群众，致使多名手无寸铁的群众受伤。尤其让老百姓忍无可忍的是，当时人群中还有一个声音在咆哮，老子是副局长，老子说的话，就是法律，谁敢不服从，就整死谁。事件发生后，上级责令，必须严肃查处。我局立即组织调查组，很快就查明，那个向群众咆哮"老子就是法律"的人，并非本局领导，而是一个声音酷似我们胡局长的临时工老李，假冒领导之声，公然向群众叫嚣，产生了极坏的影响。我局的处理意见是：立即清退这名临时工，以消除不良影响。

没过几天，网上忽然张贴了一个帖子，举报我们局光一个月的招待费，就花了纳税人三十多万元，网上还公布了详细的用餐清单，鱼翅、熊掌、洋酒，都赫然在册。最直接的证据是，每次用餐后，都有分管接待的领导签单，张太永，三个字历历在目。一个月，光招待费就花了三十多万，网上呼声一片。我局立即组织调查组，很快就查明，这些招待费，事实上都不是我局消费的，而是我局一个名叫张大水的临时工，冒签领导之名，私自消费的。我局的处理意见是：立即清退这名临时工，以消除不良影响。

三起事件，都迎刃而解，没有产生任何不良社会影响，而那三个害群之马，三名临时工，都被及时清理出去了。据说，三名临时工，因为都具备大无畏的牺牲精神，又得到了足额的补偿，因而都相安无事。

接连发生的危机事件，让我们局领导再次深刻认识到，有的放矢地招几名临时工，以备不时之需，是多么英明。局领导指示人事处，赶紧再招一批特殊的临时工，以填补空白。

让人事处长大跌眼镜的是，因为越来越多的单位认识到临时工的重要性，致使临时工这个工种骤然紧俏起来，临时工一时供不应求。人事处长不禁发出感慨：“万能的临时工啊，你在哪里？”

敲 门

“咚，咚咚，咚——”走进楼梯口，他习惯性地走到101室的门前，敲门。敲门的节奏，也是他和她早就约好了的，“咚，咚咚，咚——”永远固定的节拍。只要听见这个节奏的敲门声，她就知道是他，这样她就不用急着来开门，以免有个闪失。过一会儿，门轻轻打开了，露出一张沧桑的脸来。隔着门，他对她笑笑：“今天好吗?”她也笑笑，露出几乎没了门牙的嘴巴：“好，好着呢，上班累吧？我没事，赶紧早点回家去吧。”看到她精神很好，确实没事，他才放心地上楼，回家。他的家在四楼。

这是他每天的功课。

他和她，不是母子，也不是亲戚，只是普通的邻居。考虑到她年龄大了，又是一个独居的老人，社区于是在楼梯洞里，就近安排个邻居帮忙照应照应她。也没有太多的事，就是每天记得去敲敲老人的门，看看她有没有什么需要帮忙的，万一有个什么意外，也好及时处置。之所以选择了他，除了他是个热心肠之外，最重要的一点是，他在一家公司上班，每天按部就班地上下班，能够准时回家，从来不在外面有什么应酬，这样才便于每天都能准时去敲敲老人的门。老人随时有可能出现意外，最怕三天打鱼两天晒网式的照顾。

社区找到他时，他欣然接受了。于是，每天，下班回来的时候，他都会先去敲敲101室的门，把老人喊应了，才回自己的家。有时候，路上碰见放学的儿子，他就会和儿子一起去敲老奶奶的门，这时候他会让儿子敲，儿子已经学会了他敲门的方法——“咚，咚咚，咚——”不急不慢，不轻不重。门打开了，她看到他们父子，开心地笑了，摸摸儿子的脑袋，经常还会变戏法一样，变出一把花花绿绿的糖果来。这些糖果，都是老人远在海外的儿子邮寄回来的。

老人的身体很硬朗，几乎没有出现过什么情况，只是发生过几次小意外。有一次，他敲门的时候，她正好在卧室里接儿子打来的越洋电话，没听到他的敲门声。敲了几遍，没人开门，他惊出一声冷汗，连忙又重重地敲了几次，“咚咚，咚咚!”连一贯的节奏都忘了。放下电话，她才听见了敲门声，虽然敲门的节奏不对头，但她知道这是他回家的时间，一定是他，她几乎是一路小跑去开门，差点摔了一跤。幸亏只是虚惊一场。还有一次，中午的时候，她累了，靠在沙发上养会神，突然，响起了熟悉的敲门声：“咚，咚咚，咚——”老人兴奋地想：今天这孩子难道没上班，怎么这时候来敲门啊。喜颠颠去打开了门，却是一张陌生的面孔——推销员。等傍晚的时候他来敲门，老人将这个趣事讲给他听，一老一少，笑得很开心。

日子就这样慢慢地流逝。“咚，咚咚，咚——”每天黄昏，熟悉的节奏，就会在楼梯洞口响起。准时响起的敲门声，和紧接着“吱牙”打开的门轴声，让人感到宁静，安详。

那天，因为一个突发情况，他带着老婆和孩子，一起去了一个朋友家。黄昏的时候，他习惯性地想起了敲门这件事，看来今天是敲不成门了，因为走得急，他偏偏又忘记了带电话薄，记不得她家的电话，无法通知她。朋友安慰他，这么多年了，就这一次，应该不会这么巧，有什么事情。也只好这样想了。

晚上十一点多，他们一家才回家。在楼梯洞口，看着101室的门，他犹豫了一下，要不要去敲敲门？再一想，太晚了，她一定已经休息了，明天一早再来敲门吧。

他们刚回到家，自己家的门，突然响起来了，“咚，咚咚，咚——”熟悉的敲门声，难道……？他赶紧跑去打开了门，果然是楼下的老太太。

“你们没事吧?”她急切地问，傍晚，没看见孩子放学，也没看见你媳妇下班回家，你又没来敲门，我以为你们出什么事了，又没法联系你们，真是担心死我了。刚才我听见楼梯洞里的声音，就想着是不是你们回来了，所以，就赶紧又上来看看。看到你们没事，我就放心了。

又上来看看，这么说，她已经跑上来几趟了？他的眼睛，忽然湿湿的。他搀扶着她，将她送下楼。他答应她，今后无论发生什么，他都会准时去敲门。因为，那已经是他们共同的牵挂。

喊潮人楼大伯

心情不好的时候，我喜欢驱车钱塘江边，吹吹江风，烦恼也一扫而光。如果赶上潮汛，还能感受一番钱江潮，汹涌的潮水滚滚而来，惊涛拍岸，何等壮观！何等快意！

认识了楼大伯。那天，一个人静坐丁字坝上，想着心事。猛听到江堤上有人大喊："潮水来哉！猛如虎哉！年轻人，快点上来！"回头，是个老头，正站在岸上，一边比画着，一边用带着浓厚萧山方言的萧普话大喊着。怪他多事，扰了我的心境。我虽是外地人，在萧山也工作了七八个年头，钱江潮见过无数，对潮汛也略知一二。不理他。见我并没上岸的意思，老头急了，竟然用随身带的蒲扇，对着我的爱车一顿乱拍。这老头疯了！我爬起来，向岸上奔去。甫一上岸，只听身后哗哗作响，原来潮水不知道什么时候已悄悄追了过来。好险。

惊魂未定，掏根烟递老头，老头笑着接了过去，"小伙子，介（这）是暗潮，一般人不识，一不小心就被它捉了去。真当危险呢。"我不好意思笑笑。潮水滚滚而去。

他就是楼大伯。

后来，在江边又几次遇到他。"潮水来哉！猛如虎哉！"这是典型的楼大伯式喊潮，听见这个声音，楼大伯一定就在附近。

和楼大伯熟了，知道了他的一些故事。

楼大伯家就在江边一个叫赭山的小村里。自小在钱塘江边长大的楼大伯，对钱江潮的习性了如指掌。年轻时，楼大伯是这带有名的渔民。与一般渔民不同的是，楼大伯捕鱼不用鱼网，而是用鱼叉。站在江边，专伺江潮来时，追着潮水，看见被潮水卷昏的鱼，一叉下去，十拿九稳。当地人叫抢潮头鱼——是项危险的捕鱼方式。每年农历八月十八，一年之中潮汛最大的时候，楼大伯还会和村里的年轻人，驾着小船，斗潮。小船迎着巨大的潮头，扑上去，甩上潮尖，再跌入谷底，转瞬之间，飞舟遏浪，惊心动魄。谈起年轻时的勇气，楼大伯的眼里流露出掩饰不住的豪情。

可是，钱江潮带给楼大伯的不仅是快乐，也有刻骨铭心的疼痛。22 岁那年，父母给他说了门亲事，姑娘是北方人。美好的爱情刚刚开始，悲剧就降临了。那天，他去县城办事，姑娘留在家中。她一个人跑到江边去看潮，再也没有回来。几天之后，残缺不全的身子才被人在几里外的上游找到。“她哪里知道钱江潮是会吃人的呢。”楼大伯的眼里，充满深深的内疚和哀伤。

从那以后，每月潮汛来的时候，楼大伯都会上江堤，喊潮。“潮水来哉！猛如虎哉！”一声声呼唤，是对江边玩耍的人的提醒，也是对自己远逝的爱人的呼唤。

这一喊，就是四十多年。

“你从报纸上看到了吧，今年的大潮，又卷走了十几天鲜活活的生命。”楼大伯重重地叹了口气：“每年，钱江潮都要夺走好几条命呢，都是外地人，他们不晓得潮水的厉害啊。”

楼大伯说：“我这把年纪，还月月在喊潮，图啥啊？不愿意看到人命被潮水卷走啊。可是，你喊破了嗓门，有些人就是不肯听你的。有一次，老老少少七八个人站在丁字坝上，等着看潮呢。看样子是一大家子，一听口音就是外地人。潮水来的时候，丁字坝是最危险的地方，我就喊他们上来。可是，怎么喊，怎么劝，他们就是不听，嫌我这个老头子多嘴。潮水已经过来了，远远地像一条白线一样，再有几分钟，就扑过来了，那样子的话，这一家子怕是要灭门了。没得法子，我一急，就想了个歪招。我一把将一个最小的女娃抱起来，就向岸上跑去。那家人不肯了，把我当成了强盗，全跟着追了过来。就这样，跑上了岸。上了岸，我的气也喘不过来了，就将女娃还给了他们。一个年轻人正准备冲我吹胡子瞪眼呢，潮水过来了，一下子就将整个丁字坝淹没了。这时候他们才明白，我这个老头不是强盗，是救了他们一家子呢。”

我乐了：“楼大伯，你可真行啊。难怪那天，你也这样拼命拍打我的车子。”

楼大伯笑了，露出一口豁牙。

“现在喊潮的人多了，政府组织的呢。”楼大伯拍拍身上背着的电喇叭，“还给我们喊潮人配了装备呢，这玩意比我嗓门大，喊的是普通话，比我的萧山普通话好听。”

“今天的潮水快来了，我得去喊潮了。”楼大伯扭开电喇叭，向江堤走去。

楼大伯的背影渐渐远去，喊潮的声音在江边飘荡。偶尔，从远方飘来楼大伯式的喊潮声：“潮水来哉！猛如虎哉！”声音混杂在电喇叭清脆的声音中，激越，苍茫，那是对生命的呼唤，和壮观的钱江潮一样汹涌澎湃。

一只手机的跨国之旅

我是一只时尚的手机。8月的一天，跟随我的小主人，飞往旧金山，开始了我们的美国之旅。

第一次跨出国门，我和小主人一样，真是太兴奋了。从旧金山到拉斯维加斯，从拉斯维加斯到科罗拉多大峡谷，一路上异国他乡的美景，让我们目不暇接，小主人更是不停地用我拍照，并通过手机网络将美景发给他的小伙伴，和他们分享。

游完了科罗拉多大峡谷，景点旅游大巴载着我们驶回停车场。累坏了的小主人，恋恋不舍地将我揣进裤兜，就疲惫不堪地蜷缩在座椅上，睡着了。随着旅游车的颠簸，我不慎从小主人的裤兜里滑了出来，坠落到大巴的座椅下面。骤然而至的黑暗和安静，吓坏了我，我拼命地蹦达，希望能够引起小主人的注意，可是，小主人丝毫没有觉察。就这样，我和我的中国小主人，在一辆科罗拉多大峡谷的景点旅游大巴上，失散了。

到了停车场，小主人和旅游团的人，就一个个地下车了。没有人注意我。听着小主人的脚步声越来越远，我意识到，我将永远不能和他再见了。我的眼泪都快流出来了，如果我有的话。但我知道，当小主人发现我丢失了之后，一定会急得泪流满面的，我是他今年小学毕业时，爸爸送给他的礼物，我是他的最爱。

又一批游客上了车。几个小时后，他们也下了车。还是没有人发现我。

又一天过去了。我仍然安静地躺在科罗拉多大峡谷的旅游大巴座椅下，我快没电了，我有气无力地想，我的小主人，这时候恐怕已经到了美国东海岸，他一定哭红了鼻子。想到这，我的心就隐隐作痛。

直到大巴司机，一个美国大胡子在打扫车厢时，才发现了已经奄奄一息的我。大胡子惊讶地看着我，我是如此时尚，就连大胡子也爱不释手。不过，

大胡子没有将我据为己有，他通过我的屏幕上的方块字，断定我来自遥远的中国，可是，那些方块字他一个也不认识，无法通过我自身的信息找到我的主人，恰好他的一个洛杉矶朋友是华裔，他便将我交给了他的华裔朋友，委托他破解这些方块字的奥秘，帮助我找到我的主人。

于是，我辗转来到了洛杉矶一个华人的家中，又看到了熟悉的黄皮肤面孔，这让我激动不已。这位华裔朋友的儿子，是个比我小主人大不了几岁的英俊少年，我被交到了他的手上。少年熟练地打开手机，上网，查询我的小主人的QQ记录，并在众多的QQ名单中，一个个搜寻，核对。谢天谢地，他很快就找到了我的小主人妈妈的QQ号，并发出了加好友的申请。

那天，刚刚回到国内，倒好时差的小主人的妈妈，一上线，QQ头像就不停地闪烁。她加了他。他问她："你丢了一只手机吗？"她惊讶不已："是的。"他又问："什么品牌？在哪里丢的？……"她一一告诉了他。少年最后告诉她，手机在他手上。

这么快就找到了小主人的妈妈，真是太神奇了。小主人抱着他的妈妈，高兴得手舞足蹈，这几天，他刚刚开学，还没有从失去我的伤痛中缓过劲来。失而复得，真是太好了，可是，怎么将我送回中国，送到我的小主人手中呢？

跨国邮递，费用太贵，而且容易损伤到我。少年想了想，对小主人的妈妈说，不久，他母亲有个朋友将从美国回到中国，他将委托她先将我带回国内，然后，再想办法送我回到小主人手中。

就这样，我被小心翼翼地送到了一位女士的手中。少年将我小心地包裹好，并附了一张纸条，注明我的小主人家的详细地址和联系电话，以及一句话："麻烦爱心人士把手机亲手送到失主手里，谢谢！"受托的女士将我轻轻地放在了她贴身的坤包中，辗转坐了十几个小时的飞机，回到了国内的一座城市临海。

临海离我的小主人家所在的杭州，还有二百多公里。恰好，带我回国的女士，在临海的一个讲座上，遇见并结识了一位杭州来的新朋友，她将我的故事告诉了杭州的朋友，并委托她将我带回杭州，亲手交给我的主人。杭州的朋友毫不犹豫，一口答应了下来。

第二天下午，我就和这位杭州朋友一起，乘车赶往杭州。一路上的风景，越来越熟悉。几个小时后，我们就一起来到了我的家乡杭州，并直接驱车来到了便条上的地址，我的小主人的家。

看见毫发未损的我，小主人的妈妈激动地拉着那位杭州朋友的手，连声称谢。杭州朋友有点腼腆地笑笑，我只是接了最后一棒，应该谢谢他们。

兴奋的小主人立即给我接通电源。重新回到家，回到小主人身边，真是太美好了。我一边充电，一边想，远隔万里重洋，我还能够顺利回家，那是因为，人与人之间的善良、热情、负责任的接力，帮助了我，成全了我。

我想，不管你身在何方，不管你遭遇什么困境，遇到了善良，你就找到了回家的路。

疑似领导

早晨刚上班，头就给我们下达了一个不可思议的任务——去逛商场。

以为头开玩笑，没想到头一本正经对我们说："这是严肃的政治任务。"上班时间逛商场，还是政治任务？我们更丈二和尚摸不着头脑了。头一脸严肃地说："最近我们市创建工作进入了关键阶段，据说，这几天上级领导正在对我市进行暗访。"

创建工作我们是知道的，前不久，还刚刚人人发了一个手册，让我们背诵诸如文明市民十准十不准之类的。可是，这与要我们逛商场，有什么关系呢？

真是一群榆木脑袋。头环视我们一周，忽然压低了嗓门问我们："今天是星期几？""星期二啊，离双休日还早着呢。"头说，"工作日还在逛商场的，基本上都是些退休的和社会闲散人员，说实话，他们的素质有是有限的，如果暗访组恰好碰到他们，问的问题他们一问三不知，或者胡乱回答，你们想想，那我们这一次的创建工作，岂不又要泡汤了？为此，市里要求各机关部门，抽调精干人员，分散到公园、街头、车站、商场等各个公共场所，伪装成普通市民，一旦遇到暗访组，就主动迎上去，不露声色地与之周旋，巧妙地将我们烂熟于心的十准十不准背给他们听，并由衷地表达出对我市创建工作的热心和支持，这样，就会给暗访组留下一个人人争创、个个争先的良好印象，暗访也就能够顺利过关了。"

就是让我们去冒充普通市民啊。这不难，其实我们本身就是普通市民，无非我们这些坐机关的，对一些文件、政策、精神什么的更熟悉些罢了。可是，有一个问题，那就是我们怎么识别出谁是暗访组的呢？

头无奈地拍拍自己的头："没杀过猪，还没听过猪哼哼啊？你们平时不看电视吗，那里面的领导，都是什么派头，什么德行，你们还不清楚？"头清了清嗓门，大声说："守土有责，这次分配给我们单位的岗位，就是对面那家大型商场，如果暗访组恰好暗访到这家商场，而又没有得到满意的暗访结果的话，就是我们工作的失职，相关人员都会受到处罚，所以，请大家一定要坚持岗位，不错过、不漏过、不放过任何一名疑似领导。"

我们分头奔向那家商场。

商场刚开门，几乎没什么顾客，显得冷冷清清。一下子涌进我们几十人，空空荡荡的商场里骤然热闹了不少，营业员以为来了生意，热情地招呼着我们。想起头的叮嘱，我们哪还有心思逛商场，都将目光贼一样盯住偶尔出现的顾客身上。在我前面，有一对老年夫妻，须发皆白，看样子不像是暗访组的。突然，从商场外走进一个中年男人，腆着大肚皮，走路四平八稳，夹着一个精致的小包，红光满面，目光游离……疑似领导？我的头皮一阵发麻，腿肚子发抖，喉咙发干，我正准备鼓足勇气迎上去，突然听见身后有人喊道："贾总啊，今天怎么有空来逛商场？"扭头看见我们单位的小黄，正满脸堆笑地迎上去，和那位中年男人握手。我擦了擦额上的汗珠，小黄笑着说："不用紧张，贾总是我们自己人。"

这样"逛"了一上午，除了虚惊几场外，没有碰到一个暗访组的领导。我和几个同事找了个角落，坐下来休息一会。突然，我的手机响了，是三叔打来的，让我赶紧到火车站去救他。我猛然想起来了，三叔说好了今天从老家坐火车来，让我去车站接一下他，早上这么一折腾，竟然把这茬给忘了。但是，怎么成了"救"他？以为耳朵听错了。我问他现在什么位置，三叔压低嗓门，结结巴巴地说："在火车站的贵宾室，赶紧来救我！"这一次听清楚了，三叔千真万确用的是"救"字。

我赶紧跟头请了假，直奔火车站。找到贵宾室，只见三叔坐在一个角落，身边围着几个人，有人热情地为他点烟，有人将削好的苹果递给他，有人不停地和他说着什么。看见我，三叔像看见救兵一样，一边向我招手，一边大声说："这是我侄儿，在你们市里工作，我是来看他的，我真没干别的事情，你们对我太热情了，让我不安啊。"

绑架？光天化日之下，竟敢绑架人质？我走过去，正要发怒，忽然看见那群人中，有我一个同学，在某局工作。同学看见我，指着三叔问："他真是你三叔？"我点点头，不高兴地问他："你们为什么将我三叔围在这里？"同学尴尬地笑笑："我们刚刚在火车站广场上，看见他四处问人，好象在打

探什么，以为他是暗访组的领导，于是，就将他请进贵宾室，也没别的目的，就是想向他表现表现。没想到，真的是你三叔啊。”

听了同学的话，我也乐了，敢情他们也是被派来对付暗访组的啊。只是我这三叔，一直在乡下养鸭子，是村里的鸭司令，这几年发了点小财，可是，他怎么会像是领导呢？这时，三叔站了起来，只见他腆着肚皮，腋下夹着个精致的小包，目光游离……别说，还真有点像领导呢。二叔委屈地说：“我只是在广场上找人问问路，就被他们带到这里来了。”

同学拍拍我的肩膀：“不好意思，一场虚惊。”正说着话，忽然有人跑进来，对同学耳语了几句什么，同学大手一挥：“赶紧全部到售票处，那里有情况！”

几十年以后

“下一个节目，是小品《父与子》，请爸爸妈妈、爷爷奶奶和外公外婆们观看。”小女孩用稚嫩的声音，报幕。幼儿园的汇报演出，已经快进入尾声了，前面，孩子们进行了舞蹈、歌唱、架子鼓等表演，这些小萝卜头们，一个个太有才了，大人们的手掌都拍红了。

两个小男孩，分别从舞台两侧走上了场。一个高一点，胖一点，嘴唇上画了两撇胡子，演爸爸；一个矮一点，瘦一点，演儿子。两个小家伙走到一起，一高一矮，一胖一瘦，就和说相声的一样，有了喜剧效果。在大人们善意的笑声中，两个孩子开演了。

高个男孩说：“今天认字了吗?”

“认字了，”矮个男孩清脆地说，“今天学了两个字，大和小。”说着，矮个男孩用手在空中比划起来，一横一撇一捺，一边比划，一边说：“这是大字。”高个男孩伸出手，摸摸矮个男孩的头：“不错，表扬你一下。”台下的大人们，笑开了。

高个男孩又问：“今天学算术了吗?”

“学了”，矮个男孩说，“学4加7了。”高个男孩问：“那么4加7等于几呢?”矮个男孩掰着左手数，数完了，又掰右手，两只手都数完了，摊摊手，又摸了一只耳朵。“11。”矮个男孩激动地回答。高个男孩再次摸摸矮个男孩的头：“你答对了，还表扬你一下。”台下的大人们，笑翻了。

高个男孩还要问什么，矮个男孩突然一把抱住高个男孩的腰：“陪我玩!”

“今天你想玩什么?”高个男孩问。“我还想玩骑马的游戏。”矮个男孩撒娇说。“那好吧。”说着，高个男孩蹲下身，用双手撑着地，让矮个男孩骑在了自己的背上。矮个男孩高兴地举起手，做了个甩鞭子的动作，“驾，我们

出发了！”高个男孩吃力地驮着矮个男孩，在场上绕了一圈。然后，高个男孩拉着矮个男孩的手说，我们回家吧。两个孩子蹦蹦跳跳走出了舞台。

台下掌声雷动。两个孩子纯朴的表演，再现了一对父子日常生活的一面。

忽然，两个男孩又分别从舞台的两侧，走上了场。原来，演出还没有结束？这时，传来报幕女孩的画外音：“几十年以后……”

台上，矮个男孩佝偻着腰，手里还拄着根拐杖，这样，他显得更矮小了。看样子，这次他演的是爸爸，高个男孩演儿子。

演出继续。

高个男孩说：“今天认字了吗?”

“认字了，”矮个男孩干咳了一声，慢腾腾地说，“今天学了两个字，大和小。”说着，矮个男孩用拐杖在地上比划起来，一横一撇一捺，一边比划，一边说，这是大字。高个男孩伸出手，摸摸矮个男孩拄着拐杖的手：“不错，表扬你一下。”台下的大人们，安静地看着。

高个男孩又问：“今天学算术了吗?”

“学了。”矮个男孩说，“学4加7了。”高个男孩问：“那么4加7等于几呢?”矮个男孩掰着左手数，数完了，又掰右手，两只手都数完了，摊摊手，突然拄了拄拐杖。“11。”矮个男孩用嘶哑的嗓门回答。高个男孩再次摸摸矮个男孩拄着拐杖的手：“你答对了，还表扬你一下。”台下的大人们，擦拭着眼睛。

高个男孩还要问什么，矮个男孩突然一把抓住高个男孩的手：“陪我玩！”

“今天你想玩什么?”高个男孩问，“我还想跟你杀一盘。”“那好吧”。说着，高个男孩蹲下身，在地上做着摆放棋子的动作。“你先走。当头炮。”矮个男孩说。“马来跳，”高个男孩做了个跳马的动作。“我也跳马。”矮个男孩说着，也做了一个跳马的动作。“不对，你的马怎么跟大象一样，走田字啊。”高个男孩叫了起来。“马不能这样跳啊?”矮个男孩懦懦地问。“当然啦，我小时候你就教过我，马跳日字，象跳田字，你自己怎么又忘了啊?”

下完了棋，高个男孩搀着矮个男孩说：“我们回家吧。”矮个男孩，拄着拐杖，在高个男孩的搀扶下，慢慢地走出了舞台。

舞台下面，异常安静，等到两个男孩上台谢幕，大人们似乎才缓过神来，台下响起热烈的掌声。

宾馆服务生的泡会经验

近日，连续在某宾馆参加一系列会议，头昏脑胀，不胜其烦。

偶尔认识了服务员小章，他是该宾馆会议室的服务生，专门为各种会议服务，我参加的几个不同会议上，都见到他的身影，或忙碌地添水倒茶，或垂手肃立一旁。会间，与其闲聊，得知他每月所服务的不同规格、不同档次、不同专业、不同性质的会议近百。工作三年来，服务过的会议已然数千矣。一个服务生，每天不得不被动地“参加”各种形形色色与自己毫无关联的会议，这是多么艰苦的工作，多么难熬的日子啊。他却能做到不烦不恼，不愠不怒，不急不燥，真泡会神人也。而我，每周被领导支去代为参加几个乱七八糟的会议，已苦不堪言。章生听闻，乃附耳传授泡会经验若干——

听经法。不管是什么会议，总是有人说的头头是道，唾沫横飞。张三说十点，李四强调八点，王五再补充六点，颠来倒去的，大都是些大话空话套话废话。章生说，这些人在会场上说的话，足可以让你的耳朵起茧，让你的心智崩溃。工作不久，他就学会了听经法，管他是口若悬河，还是口是心非；管他是口角生风，还是口蜜腹剑；管他是口燥唇干，还是口坠天花……统统当他是小和尚念经，让那些大话空话套话废话，由一只耳朵进，立即从另一只耳朵放出来。充耳不闻，这是泡会的第一秘诀。

看戏法。会场上的人，说的话虽然大多无趣，表情却是丰富多采的：有人昏昏欲睡，有人心不在焉；有人东张西望，有人抓耳挠腮；有人呆若木鸡，有人红光满面；有人兴致勃勃，有人垂头丧气……会场上的每一张脸，都生动、形象、传神，就像上演一场人生的大戏。章生说，越是大型的会议，参加的人越多，场面就越像一场集会。一张张脸瞅过去，揣想一下每张脸之后的故事，特别是主席台上正襟危坐的一张张脸谱，尤其值得玩味，揣摩之间，无聊的时间就飞一样过去了。

走神法。如果会场之上，听着乏味，看着无趣，怎么办？章生说：“这也不难，那就放飞你的思绪。”人在会场，而心游四方。会场可以困住你的身躯，捆不住一个人的思想。走神法也是很多泡会者最惯用的方法。不过，走神也是讲究策略的，眼睛要盯着领导，或作报告的人，做出目不转睛的投入状，专注状，入神状，然后，再悄悄地放走思绪的风筝。

涂鸦法。上述三大方法，固妙法也，却有着同样的弊端。有的主持会议的领导，喜欢参加会议的人，不但认真地听，还要勤奋地记。所以，涂鸦大法，乃是最有意思，也最讨领导欢心的办法。所谓涂鸦，就是在会议记录本上，信笔由缰，笔走龙蛇，或练字，或临摹，或写生，或涂抹。有人能在一次会议上，把一个字写上千遍，也有人能把主席台上的人画得惟妙惟肖，还有人能把一页白纸涂得不漏一点白光……这都是了不起的创作啊，所以，泡会久了，泡出惊世骇俗的艺术大家，也未可知。

章生干咳一声，像会议主持人一样清清嗓门，作总结发言：“泡会的方法，还有很多，全靠实践中心领神会，才能左右逢源，把枯燥乏味无聊透顶的这会那会，泡出特色，泡出滋味，泡出情趣。而这，绝非一日之功，非日日泡会，而不能得其精髓也。”

听罢章生所言，如醍醐灌顶。借会议之际，将其涂鸦成文，以供普天下泡会者共享。

如果一个人变成了蚂蚁

人类生活太让他失望了，尔谀我诈，勾心斗角，争权夺利，六亲不认……这一切，都让他心灰意懒，他想，要是能不做人，哪怕是一只动物，也比现在强啊。

没想到，一眨眼，他真的变成了一只蚂蚁。

太好了，除了体形忽然变得这么渺小，让他有点无所适从之外，他感觉舒坦多了，再也不用瞧别人的脸色了，再也不用仰别人的鼻息了，再也不怕别人在背后拿刀捅你了。真是爽极了！

他（也许该用它?）翻过一座高山（一块土疙瘩），趟过一条长长的河流（谁吐的一口痰），找到了一群蚂蚁，他兴奋地和它们打着招呼，兵蚁们用触须碰碰他，确信他属于这个蚁群后，便顾自忙碌去了。没有欢迎仪式，甚至没有客套，这让他稍稍有点失落。不过，蚂蚁王国井然有序的壮观场面，很快就使他忘记了这点小小的不愉快。和眼前这些穿梭奔竞的蚂蚁们相比，人类简直一无是处，他以赞叹的眼光，注视着眼前来来回回一刻不停地奔跑忙碌着的蚂蚁们。

他悠闲地踱着方步，将蚂蚁王国巡视了一遍，到处都是忙个不停的蚂蚁们，除了蚁后。蚁后安静地躺着，享受着蚂蚁们周到体贴的服侍，除了繁育下一代，蚁后似乎什么也不用做。他本来想向蚁后自我介绍一下的，却被兵蚁挡住了。他郁闷地退了出来。他想找一只蚂蚁聊聊，可是，所有的蚂蚁都在忙着，谁也没有时间停下来，听他闲话。而且，所有的蚂蚁看起来都表情平静，没有任何怨言。有几只蚂蚁看到他无所事事，过来问他：“你是一只工蚁，怎么不去干活?”他支支吾吾，谎称自己有点不舒服，几只蚂蚁安慰他几句，就又各自忙去了。他找到一片树叶，躺下来，树叶在风中晃荡，就像一只摇篮，非常舒服。

忽然，他感觉有点饿了。正琢磨着到哪里去弄点吃的，抬头看见一只蚂蚁，正吃力地向蚁巢方向搬运着一粒黄豆，他走过去，对那只蚂蚁说：“我来帮你搬。那只蚂蚁想都没想，就将黄豆丢给他，返身又去找新的食物去了。”真是一只傻蚂蚁啊，竟然这么好骗。他慢慢地啃着黄豆，又脆又香。小半粒黄豆下肚，就饱了，有点渴，现在要是有杯可乐，那就更美了。正想着呢，一只肚子圆滚滚的蚂蚁，走了过来，他向它打探哪里有喝的，那只蚂蚁一听，毫不犹豫将嘴巴伸向他，接着，一股甘露从蚂蚁的嘴巴涌进他的嘴里。蚂蚁对他说：“它刚刚在前面发现了一大块蜂蜜，很多工蚁都去搬运了，你也赶快去吧。”他胡乱地点点头。

看见工蚁们忙碌的身影，他的脑海中涌出了一个绝妙的主意。他先在地上画了个圈，表示这是自己的地盘，然后走到路上，拦住了一队正在将一只死蝴蝶搬运到蚁巢的蚂蚁，对它们说：“你们将蝴蝶搬到我家去，我奖励你们吃黄豆。”蚂蚁们诧异地看着他：“我们蚂蚁干活从来都是心甘情愿的，没有过奖励，这适合吗?”他笑了：“有什么不适合的。”在他的撺掇下，那队蚂蚁迟疑地将蝴蝶搬运进了他的家，他分给了他们一小块黄豆。他对它们说：“转告其它工蚁，只要将食物搬到我这儿，我都有奖励。”他的话，很快在蚂蚁中间四散传开，没想到，搬运东西还有可口的黄豆奖励，一队队工蚁，改变了方向，将它们正在往蚁巢搬运的食品和物品，都搬到了他的家。他将其中的一小部分，拿出来奖励给它们。

不一会儿，他画的圈子里，就堆满了食物和各种各样的物品，他又对工蚁们说：“现在，你们帮我筑一个蚁巢吧，这些食物就是你们的了。”工蚁们一听，快活地忙开了，更多的工蚁闻讯赶来，加入到建设大军。很快，一个宏伟气派的新蚁巢就建成了。

这时，一只强壮的兵蚁带着一队兵，赶过来了。他是奉蚁后之命，来查封他的。工蚁们都吓得低下了头。他走到兵蚁的面前，附在它的耳边说：“你如果跟从我，我封你做我的副科级侍卫官，怎么样?”兵蚁犹豫了一下，突然振臂高呼：“坚决拥护新蚁后！谁不拥护，杀无赦！”很多蚂蚁都举起了手臂，黑压压一片。

虽然投奔他的蚂蚁越来越多，但与蚁后几十万的蚂蚁大军比起来，他的队伍，还是显得孱弱不堪。而且，听说蚁后正在组织精锐的兵蚁队，要来剿灭他。于是，他派遣一只能说会道的黑蚂蚁，潜回蚁后的老巢，黑蚂蚁对它

的老朋友灰蚂蚁说，蚁后和最帅的那只兵蚁，有一腿。灰蚂蚁半信半疑地将这个消息，告诉了自己的好邻居黄蚂蚁；黄蚂蚁又神秘地告诉了自己的同学蓝蚂蚁……不到一分钟，消息在整个蚁群传开，蚂蚁们愤怒地奔走相告，除了蚁后偷养汉子，各种谣言四起，蚁心惶惶。

他觉得时机已到，呼吁蚂蚁们推翻蚁后的统治，蚂蚁纷纷响应。蚁后仓皇逃跑。他占领蚁巢，成为新蚁后。

为了巩固政权，他突击提拔了一批心腹蚂蚁。为了得到他的青睐和重用，蚂蚁们向他献媚，讨好，行贿，并不失时机地攻击、诅咒其他蚂蚁。蚁巢外面，更是一派热闹景象，蚂蚁们三无成群，交头接耳，四处奔走，不过，它们不是去搬运物品，而是在忙着别的什么。

他最信赖的一只蚂蚁，不断向他密报："有蚂蚁私藏粮食，有蚂蚁消极怠工，有蚂蚁拉帮结派，有蚂蚁争名夺利，有蚂蚁谣言鼓惑，最可怕的一条消息是，副科级侍卫官正在密谋造反，已经带人杀到了蚁巢外面……"

怎么才这一会儿，蚂蚁世界就变得如此混乱、肮脏、丑陋了呢？怎么这么像自己以前生活的那个世界。他吓出一身冷汗，睁开了眼睛。他醒了。

只是做了一个梦。他自嘲地笑笑，挠挠头皮，他想：如果一个人真的变成了一只蚂蚁，那会是人的不幸，还是蚂蚁的悲哀？

很难说。